Ilse Gräfin von Bredow

Ein Fräulein von und zu

Geschichten aus ganz normalen Kreisen

Piper München Zürich

Die in diesem Buch geschilderten Menschen sind nicht identisch mit bestimmten lebenden oder verstorbenen Personen. Eventuelle Ähnlichkeiten wären rein zufällig.

Von Ilse Gräfin von Bredow liegen in der Serie Piper außerdem vor:
Willst du glücklich sein im Leben (2438)
Denn Engel wohnen nebenan (2439)
Willst du glücklich sein im Leben/
Denn Engel wohnen nebenan (Doppelband, 2866)
Familienbande (2911)
Glückskinder (2913)

Ungekürzte Taschenbuchausgabe
Piper Verlag GmbH, München
April 2000

Umschlag: Büro Hamburg
Stefanie Oberbeck, Katrin Hoffmann
Umschlagabbildung: Carl Moll (»Interieur«, um 1903, Historisches Museum der Stadt Wien)
Foto Umschlagrückseite: Gudrun Drews
Druck und Bindung: Clausen & Bosse, Leck
Printed in Germany ISBN 3-492-22912-3

Inhalt

Für Eberhard und Jannet Fechner

1. Die Entdeckung

«Seht mal, Kinder, da ist Oskar wieder», sagt Papi. Oskar ist ein Eichhörnchen. Eines Tages hat es sich in unserem Garten eingefunden.

Es ist Sonnabend nachmittag und eine Affenhitze. Wir sind im Garten unter dem Ahornbaum versammelt und trinken Kaffee. Ich liege auf dem Rasen und sehe zu, wie meine Schwestern, Andrea und Anna-Sofie, sich um das letzte Stück Obsttorte zanken. Ich hab mir vorsichtshalber gleich zwei Stück genommen. In dieser Familie muß man auf Draht sein, sonst hängt man schnell im Minus. Omi, die gerade zu Besuch ist, grübelt vor sich hin. Hat sie ihre Herztabletten nun genommen oder nicht? Mein kleiner Bruder Ferdinand kippt sich eine Ladung Kakao über die Hose. Im Nachbargarten haben sie das Radio voll aufgedreht und sind beim Grillen. Es riecht nach Bratfett und verbrannten Würstchen. Mutti schnuppert mißbilligend: «Ein Gestank, nicht zum Aushalten!»

«Aus deutschen Ställen frisch auf den Tisch!» Papi

räkelt sich zufrieden im Schatten und beobachtet das Eichhörnchen. Es ist gerade dabei, an einem schmalen Eisenstab hochzuklettern, den Papi in den Rasen gesteckt hat. An der Spitze hängt ein kleines grünes Netz mit einer Futterkugel. Die Meisen sind vor Oskar in den Jasmin geflüchtet, stecken ihre Köpfe zusammen und schimpfen fürchterlich. «Bin gespannt, ob er das Netz wieder durchbeißt», sagt Papi. Im Sommer hängt er die Futterkugel nur noch für das Eichhörnchen auf, damit wir bewundern können, wie Oskar es fertigbringt, sich auf dem wackeligen Stab festzuhalten.

Der Qualm aus dem Nachbargarten nebelt uns inzwischen total ein. Mutti beginnt zu husten: «Einfach widerlich!»

«Der Wind steht heute eben etwas ungünstig», verteidigt Papi die Nachbarn. «Kein Grund, deswegen an unserem kleinen Reich herumzumäkeln.»

Omi hat sich endlich dazu durchgerungen, ihre Tabletten zu schlucken. «Ich meine...» Aber sie kriegt mal wieder keine Chance, bei Mutti einen Satz zu Ende zu bringen. Die hat nämlich mit einem Aufschrei Ferdinands bekleckerte Hose entdeckt.

«Junge!»

Papi fährt erschreckt zusammen. «Kein Theater wegen so einer dämlichen Hose, bitte, dann mußt du ihm eben einen Plastikanzug kaufen.»

«Und dir auch.» Mutti deutet auf einen Kaffeespritzer auf Papis Hemd.

«Sei friedlich und laß uns den herrlichen Sommertag genießen.» Er reibt mit dem Taschentuch auf dem Fleck herum.

Mutti sieht ihn spöttisch an. «Dein kleines Reich! Ehrlich gesagt, könnte ich mir eine schönere Wohngegend vorstellen als diese Schrebergartenidylle. Jedes Fitzelchen Boden ist hier gegen den Nachbarn abgegrenzt und alles wie mit dem Lineal gezogen. In den meisten Gärten stehen nur Tannen aus lauter Angst vor dem Laub. Und dann der ganze Schnickschnack von bunten Glühbirnen über den Gartenpforten und Windmühlen und Gartenzwerge auf dem Rasen. Außerdem sieht hier doch jeder dem andern in den Kochtopf!»

Papi sieht träumerisch vor sich hin. «Ich hätt' so gern einen mit Schubkarren.»

«Was hat das damit zu tun?» Mutti gibt Andrea das leere Milchkännchen: «Lauf mal rüber zu Frau Fröhlich, ob sie uns mit Kaffeesahne aushelfen kann.»

Andrea stößt Anna-Sofie mit der Schuhspitze: «Los, schwing die Hufe!»

Papi sieht Mutti vorwurfsvoll an. «Dir kann man es auch nie recht machen. Vor fünfzehn Jahren warst du glücklich, aus der Einzimmerwohnung herauszukommen.» Er starrt enttäuscht auf die leere Kuchenplatte. «Hier war doch eben noch ein Stück.»

Mutti hat sich schon wieder abgeregt. «Mir gefällt's ja auch ganz gut. Aber mußtest du deswegen bei der Party gestern abend deinem neuen Vorgesetzten einen solchen Bären aufbinden?»

«Was für 'n Bären?» Papi grinst ein bißchen.

«Na, er dachte doch, wir leben auf dem Lande, und wollte von mir wissen, in welchem Ort unser Bauernhaus liegt. Der gute Mann war ganz irritiert, daß wir in dieser verrotteten Villa in einer Schrebergartenkolonie wohnen.»

«Hab ich vielleicht was Falsches gesagt?» Papi läßt sich nicht aus der Ruhe bringen. «Ist es bei uns nicht wie auf dem Dorf?»

Papi hat recht. Natur gibt's hier 'ne Menge. Wildenten spazieren durch die Gegend, Karnickel flitzen über den Rasen, Igel machen es sich in den Komposthaufen bequem. Im Sommer riecht es überall nach Heu wie von frisch gemähten Wiesen, und ein dichter Ring von Bäumen hält den Verkehrslärm ab.

Papi hat uns erzählt, daß es hier nach dem Krieg nur Schutt und Asche gab. In der Schule haben sie uns Bilder von 1945 gezeigt. Nur Trümmer und der Park, auf dem die Siedlung entstanden ist, total abgeholzt. Auf den kahlen Flächen haben sich die Menschen Gemüsebeete angelegt und Kartoffeln gepflanzt und sich Notunterkünfte gebaut. Mitte der sechziger Jahre hat die Stadt die Parzellen an Kleingärtner verkauft und ihnen das Geld fürs Bauen vorgestreckt. Danach sind lauter winzige Flachdachhäuschen wie Pilze aus der Erde geschossen.

Hinter der Siedlung gehen die Schrebergärten weiter. Nur wohnt dort keiner mehr. Man hat den Kleingärtnern gekündigt, anstatt ihnen wie bei uns die Parzellen zum Bauen zu überlassen. Es wurde auch damit angefangen, die Lauben niederzureißen. Aber sehr weit ist man noch nicht gekommen. Die Bagger sind wieder abgezogen worden, und es herrscht totale Ruhe.

«Gott sei Dank», sagt Papi. «Daß sie uns Hochhäuser direkt vor die Nase setzen, fehlte gerade noch!»

Auf dem Vormarsch sind sie nämlich mächtig. Sie haben uns schon im Halbkreis umzingelt. Eins von diesen Ungeheuern, ein Trumm von zwanzig Stockwerken, mit klobigen Seitenflügeln, ist bereits ausgeschert und bedrohlich nahe gerückt. Nachts funkelt es unheimlich zu uns herüber.

«Ein richtiger Vogel Greif, im wahrsten Sinne des Wortes», sagt Papi.

Für uns sind die verlassenen Gärten ein fabelhafter Spielplatz. Ein Urwald, in dem alles durcheinander wächst und miteinander verfilzt ist. Es gibt knorrige Apfelbäume mit verschrumpelten kleinen Äpfeln, Himbeer-, Johannisbeer- und Stachelbeersträucher zwischen hohen Brennesseln und dichtem Gras und jede Menge Holunderbüsche. Fehlt nur Tarzan, der durch die Zweige hüpft und seine urigen Schreie ausstößt.

Die Beeren müssen wir für Mutti sammeln, wenn uns die Stare noch welche übriglassen. Sie kocht davon literweise Saft, der dann im Keller vergammelt, weil er niemandem schmeckt, obwohl sie ihn bei jeder Gelegenheit als einzig wahre Medizin anpreist.

Wir bauen uns Höhlen, verstecken uns in den zusammengekrachten Lauben, legen uns ins Gras, bekucken die Wolken und den Zeppelin, der mit einem Reklameband am Himmel steht, und beobachten die Karnickel, wie sie ihre Jungen am Genick aus dem Bau schleppen und in die Sonne legen.

Natürlich liegt auch viel Müll rum: Kinderwagen ohne Räder, verrostete Fahrradgestelle und kaputte Reifen, einzelne Schuhe und leere Zigarettenschachteln. Aber wir haben auch schon die tollsten Sachen entdeckt, vor allem Hänschen Naumann, der ist groß im Finden. Einmal lag tatsächlich ein nagelneuer Fotoapparat im Gebüsch. Und sein Opa mußte ihn erst ein bißchen im Genick schütteln, damit Hänschen einsah, daß so was ins Fundbüro gehört.

Aber gruseln kann man sich auch ganz schön. So schoß meine Schwester Anna-Sofie mal wie der geölte Blitz aus einem Busch. «Eine Leiche! Eine Leiche!»

Wir flitzten natürlich hin. Aus dem Gestrüpp ragten zwei regungslose Füße. Aber Hänschen Naumann tippte sich nur an die Stirn. «Hast du 'n Schatten oder was? Das ist doch der besoffene Penner von der U-Bahn. Den erkenne ich an seinen Socken.»

Dann erschreckte uns ein wildernder Schäferhund. Erst war er hinter den Karnickeln, danach hinter uns her. Er war drauf und dran, meine Schwester anzufallen. Aber vor Tieren hat die ja keine Angst. Nicht die Bohne. Die würde glatt 'ne giftige Schlange streicheln. Sie ist also ganz cool geblieben und hat beruhigend auf ihn eingeredet, bis er nur noch sein Bein an einem Benzinkanister gehoben und sich dann verdrückt hat.

Zu Hause haben wir lieber nichts erzählt. Mutti hätte sofort eine Krise bekommen und uns verboten, dort zu spielen. Sehr gern sieht sie es sowieso nicht.

Hänschen Naumann ist hinter dem Gartenzaun aufgetaucht und winkt wie wild. «Komm mal rüber, Charlotte!» schreit er. «Ich hab was im Teich gefunden!»

Mutti runzelt schon die Stirn. «Müßt ihr euch ewig da rumtreiben? Du bist doch allmählich auch zu alt dazu, Charlotte.»

«Da ist sie wenigstens an der frischen Luft und sitzt nicht vor dem Fernseher.» Papi blinzelt mich an. «Ich will mir auch mal die Beine vertreten. Ich komme mit.»

Hänschen ist ganz aufgeregt. «Es ist bestimmt die Geldbombe vom Überfall auf die Sparkasse im Winter, nach der die Bullen immer noch suchen.»

«Und die soll da in dem Tümpel stecken?» Papi kann's nicht glauben.

«Der ist doch dieses Jahr ganz ausgetrocknet. Durch die Hitze.»

Der kleine Teich besteht sowieso mehr aus hohem Schilfgras als aus Wasser. Aber in manchen Jahren gibt's da sogar Fische. Keiner weiß, woher die kommen. Und ein einsamer Frosch quakt durch die Gegend.

«Dann sehen wir uns deinen Fund mal an. Also, auf zu euerm Feuchtbiotop!»

Wir ziehen los, zwischen den Gärten durch, wo die Rasensprenger kreisen und uns die Nachbarn grüßen. «Na, Herr von Trebnitz, wo wollen Sie denn hin bei der Hitze?»

Dann haben wir «Serengeti» erreicht, wie wir die verlassenen Gärten nennen. Trockenes Gras raschelt unter unseren Füßen. Papi stampft wie ein Elefant durch die Savanne; wir hüpfen neben ihm her. Fast tritt er auf ein Liebespaar; das richtet sich empört auf.

«Oh, Verzeihung.»

«Alter Trottel!»

Kleine Staubwolken kreiseln, Mücken tanzen über einem kaputten Plastikeimer. Der Teich ist nicht mal mehr schlammig – er ist knochentrocken.

«Wo ist denn nu die Bombe?» frage ich enttäuscht.

«Na, da!» Hänschen deutet auf einen winzigen Punkt, den man in der flimmernden Hitze kaum ausmachen kann. Wir gehen hin. Und tatsächlich: Irgendwas Metallenes kuckt da aus dem Boden raus.

«Scheint ziemlich groß zu sein.» Papi besieht sich das Ding von allen Seiten, kratzt Erde weg und streicht sich nachdenklich übers Kinn.

«Soll ich 'n Spaten holen?» fragt Hänschen aufgeregt. «Wollen wir's rausbuddeln?»

«Nee, das laß mal lieber bleiben, mein Junge.» Papi scheucht uns auf einmal weg. «Los, los! Ab nach Hause! Wir müssen das der Polizei melden.»

Eine halbe Stunde später wimmelt es von Streifenwagen und Polizei in der Siedlung. Nachbarn hängen sich über den Gartenzaun. «Hinter wem die wohl her sein mögen?»

Ein Lautsprecher verkündet, die Häuser müßten sofort geräumt werden; man hätte eine Bombe aus dem Krieg gefunden.

«Eine Bombe? Wo gibt's denn so was!»

«Beeilen Sie sich!» mahnt der Lautsprecher. «Und öffnen Sie die Fenster.»

«Damit die uns inzwischen alles klauen!» empört sich Frau Fröhlich. «Meine Wäsche hab ich auch noch auf der Leine.»

«Das hat mir gerade noch gefehlt», sagt Mutti.

«Vergiß nicht, die Waschmaschine abzustellen», mahnt Papi.

Anna-Sofie will unbedingt das Zwergkaninchen und ihr Meerschweinchen mitnehmen. Ferdinand mault, weil er nicht die «Sesamstraße» sehen kann. Papi muß erst ein Machtwort sprechen. Omi sucht nach ihrer Brille, ohne Brille ist sie nur ein halber Mensch, sagt sie.

«Macht zu! Macht zu!» drängt Papi.

In unserer Schule trifft sich die ganze Siedlung. Frau Reimer vom Kiosk in der U-Bahn sitzt neben uns und redet wie immer von früher. Mit durchdringender Stimme erzählt sie uns, wie es damals Bomben regnete. Das war auch so ein heißer Sommer gewesen. Jede Nacht in den Keller. Drei Tage war sie verschüttet. Das rostige Wasser aus der Heizung mußten sie trinken, um ihren Durst zu löschen. Und draußen ein Flammenmeer! Ein Inferno! Die Bäume im Park brennende Fackeln. Zu Tausenden wären die dort in den Unterständen erstickt. Auf einem Balken hätte ein Papagei gesessen und dauernd gekrächzt: «Nur geringer Sachschaden! Nur geringer Sachschaden!»

«Tatsächlich?» fragt Mutti ungläubig.

«So wahr ich hier sitze», beteuert Frau Reimer und steckt meinem kleinen Bruder Ferdinand ein Smartie nach dem anderen in den Mund. «Die Straßen voller verkohlter Leichen und erst die vielen Toten unter den Trümmern. Ein riesiger Friedhof, die Stadt! Und da wohnen wir nu drauf!»

Ich klammere mich an Hänschens Arm. Der schüttelt mich ab. «Jetzt mach dir mal nicht gleich ins Hemd.» Pfeifend verläßt er die Turnhalle.

Plötzlich gibt es einen wahnsinnigen Knall, daß die Scheiben zittern. Wir schreien auf: «O Gott, jetzt ist die Bombe explodiert!» Aber es war nur ein Böllerschuß. Hänschen hat ihn im Klo gezündet, um uns etwas aufzumischen, wie er grinsend verrät, als er zu uns zurückkommt. Sein Opa fackelt nicht lange. Er schüttelt ihn kräftig und schimpft: «Dich hätt' ich in meiner Jungvolkschar haben sollen! Dreimal über die Kletterwand, und dann stillgestanden und nichts gerührt als die Augen im Kopf.» Er verpaßt ihm eine kräftige Backpfeife und gleich noch eine zweite. «Damit du nicht schief wirst.»

Doch da ist der Spuk auch schon vorbei. Ein Polizist erscheint in der Tür. «Die Bombe ist entschärft.»

«Ein Loblied auf den Sprengmeister», sagt Omi.

Wir kehren in die Häuser zurück. In unserem Garten regen sich die Meisen noch immer über Oskar auf, der es nicht geschafft hat, das Netz durchzunagen, und den Eisenstab rauf und runter rutscht.

Nichts hat sich verändert. Alles hat sich verändert. Ob auch unter unserem Rasen Tote liegen? Und wir trampeln drauf rum?

«Kann man heute noch mit Abendbrot rechnen?» fragt Papi.

2. Die Chinesin

Unser Haus gehört zu den wenigen, die in dieser Gegend den Krieg bis auf ein paar Kratzer überlebt haben. Es steht am Rande eines ehemaligen Parks. Der Schock von damals scheint ihm heute noch in den Knochen zu sitzen. Wenn ein Flugzeug darüberdonnert, zittert es vom Keller bis zum Dachboden.

«Irgendwas stimmt mit den Grundmauern nicht», behauptet Mutti.

Papi hatte schon ein Auge auf diesen ollen Schuppen geworfen, als es hier nur Gärten mit Lauben gab. So wohnte auch unsere Nachbarin Frau Kulack Anfang der sechziger Jahre, als sie Papi kennenlernte, noch bei ihrer Schwester und war nur an den Wochenenden in ihrem Gärtchen zugange. Sie hatte damals einen Obst- und Gemüsestand auf dem Wochenmarkt. Ihr ist Papi aufgefallen, wie er nach Marktschluß die Abfälle der Gemüsehändler nach Genießbarem durchsuchte.

Andrea schüttelt sich, als Papi davon erzählt. «Also wirklich, Papi!»

Das ärgert ihn. «Wir waren eben noch nicht so verwöhnt wie ihr.»

«Wie sich die Zeiten ändern», sagt Mutti. «Wer mäkelt denn jetzt dauernd am Essen rum?»

«Aber hör mal, Edith, der Wechsel von Tante Anni, den ich fürs Studium bekam, war ja nun wirklich mehr als knapp. Er reichte gerade für ein möbliertes Zimmer mit Ofenheizung und Etagenklo.»

«Du willst nur wieder bedauert werden. Schließlich gab's im Gegensatz zu heute 'ne Menge guter Jobs. Wie hieß eigentlich diese etwas merkwürdige Dame, der du den Umzug machtest? Da hast du doch so viel verdient, daß du davon unsere Verlobungsringe kaufen konntest.»

«Um mal wieder auf Frau Kulack zurückzukommen...» sagt Papi. Als die ihn da so in den Abfällen herumstochern sah, hat sie gleich an ihre beiden gefallenen Jungens denken müssen. Sie hat Papi angesprochen und dann ein bißchen unter ihre Fittiche genommen. Im Sommer durfte er in ihrer Laube hausen, und Papi hat ihr dafür die Buchführung gemacht. Noch heute trauert er diesen Zeiten nach.

«Vor allem der Laube», sagt Mutti.

«Ach ja», seufzt Papi. «Rundrum nur Natur und dann diese himmlische Ruhe!»

«Den Krach, den du da mit deinen Kumpels gemacht hast, konnte man bis zur Straßenbahn hören», sagt Mutti.

«Tatsächlich? Jetzt wird mir auch klar, warum du so oft ganz überraschend bei mir aufgekreuzt bist. Du wolltest mich kontrollieren, ob ich fleißig lerne und nicht vom Pfad der Tugend abweiche. Warum mußte ich mich auch ausgerechnet in so einen Moralapostel wie dich verlieben? Aber schuld daran ist nur Tante Anni. Die wollte unbedingt, daß ich dich kennenlerne, weil sie mit deiner Großmutter im gleichen Internat gewesen ist und viel auf dem Gut deiner Großeltern in Schlesien war.»

«Adel zu Adel.» Andrea grinst.

Mutti ist beleidigt. «Warum bist du dann dauernd bei mir aufgetaucht? Ich hatte dich nicht darum gebeten.»

«Deine Wirtin hatte schon einen Fernseher», sagt Papi, «und war wie ich ein Fußballfan.» Papi kommt mal wieder so richtig in Fahrt mit seinen Geschichten. «Als ich eure Mutter zum erstenmal sah – das muß so 63 gewesen sein – mit einem Rock bis zu den Waden und einem ausgeleierten Pullover, hab ich gedacht, die zieht sich auch nur an, um ihre Blößen zu bedecken und sich vor Kälte zu schützen.»

Mutti schnappt jetzt richtig ein. «Teure Sachen konnte ich mir eben nicht leisten. Omi hatte sowieso Mühe mit ihrer kleinen Rente als Kriegerwitwe, mir die Ausbildung zur Krankengymnastin zu ermöglichen.»

Papi lacht und legt den Arm um sie: «Wer will denn jetzt bedauert werden? Dafür bist du ja auch später um so flotter geworden, liebe Edith, und hast die arme Tante Anni mit deinen Hot pants furchtbar erschreckt.»

Nach dem Jurastudium kam dann über Papi ganz unerwartet das große Geld. Er erbte nämlich von einer Tante einen schönen Batzen. «Und da geht er hin und kauft diese Bruchbude hier!» Noch heute kann Mutti nur den Kopf darüber schütteln.

«Viel Zeit blieb mir ja nicht», verteidigt sich Papi. «Andrea war bereits unterwegs, und Haus und Grundstück waren sehr preiswert.»

«Nicht preiswert genug für so viel Scheußlichkeit.»

«Immerhin hat es mal einer Chinesin gehört – aus kaiserlichem Geblüt, wie ihr wißt.»

«Ach, Papi», sagt Andrea.

Das Haus sieht wirklich ziemlich ulkig aus. Wie eine Pagode, findet Mutti. Inzwischen hat Papi soviel an-, um- und ausgebaut, daß es immer mehr Ähnlichkeit mit Anna-Sofies selbstgebastelten Nähkästchen kriegt. Sie klebt sie aus leeren Streichholzschachteln zusammen und verschenkt sie mit Vorliebe zu Weihnachten.

Das Haus ist nicht sehr groß, innen total verwinkelt und hat mehr Ecken als Zimmer. Überall gibt es Stufen und Treppchen, über die man stolpert – besonders im Dunkeln.

«Denkt daran, daß wir Energie sparen müssen», mahnt Papi, wenn wir uns beklagen, daß er nur 25-

Watt-Birnen im Flur duldet. Und Mutti, die gerade mal wieder der Länge nach hingefallen ist, reibt sich das Schienbein und murmelt: «Ja, ja, du großer Architekt. Aber sieh dich vor! Die Scheidungswelle rollt.»

Unser schmaler Garten mit dem großen Ahornbaum liegt direkt an einem Wanderweg, der durch die Siedlung führt. Daher bleiben die Spaziergänger oft staunend vor unserem Haus stehen und rätseln herum, was für ein Stil es wohl sein könnte. Jugendstil? Neubau? Gründerjahre? Papi, der gern im Garten wühlt, mischt sich dann in die Unterhaltung und ruft über den Zaun: «Gründerjahre! Hier habe ich meine Familie gegründet.» Wir schämen uns über ihn. Die Leute gehen schnell weiter und murmeln sich zu: «Auf jeden Fall ist es ziemlich scheußlich.»

Ich find's große Klasse. So ein gewöhnliches Haus kann jeder haben. Als ich noch kleiner war, hat mir Papi ganz tolle Sachen über die Chinesin erzählt. Als Kind soll sie noch in China gelebt haben, in einem richtigen Palast mit eigenen Dienerinnen. Die brachten ihr das Frühstück ans Bett und mußten sie in einer Sänfte zum Baden an den Fluß tragen. Andrea, meine älteste Schwester, hat das furchtbar angeödet. «Erzähl mir doch keine Märchen von dieser blöden Chinesin!» Sie hat Papi was ins Ohr geflüstert, und der seufzte tief: «Was habe ich nur für 'ne nüchterne Tochter. Du kommst eben ganz nach deiner Mutter.»

Doch ich konnte gar nicht genug darüber hören. Es

waren meine liebsten Gutenachtgeschichten. Papi mußte sie mir wieder und wieder erzählen. Vor allem die Sache mit dem Tigerbaby fand ich unheimlich stark.

Die Mutter der Chinesin war nämlich ganz plötzlich gelähmt und konnte nicht mehr laufen. Keinen einzigen Schritt. Niemand von den Ärzten konnte ihr helfen. Da hat man dann so einen Typ geholt, so einen weisen Mann. Der hat sie gründlich untersucht, den Kopf gewiegt und gesagt: «Da hilft nur eins: Sie muß ein Tigerbaby mit Haut und Haaren essen.»

«Aber wie komme ich zu einem Tigerbaby?» fragte ihr Vater.

«Du mußt zu einem Jäger gehen. Der wird dir helfen.»

Der Jäger kratzte sich nachdenklich am Kopf. «Ein Tigerbaby soll ich für Sie schießen? Das kann lange dauern.»

Tatsächlich mußte sie zwei Jahre warten, bis er ihnen das Tigerbaby ins Haus brachte. Und da gab's natürlich große Probleme. Worin sollte man so ein Tier kochen? Es mußte also ein Extratopf dafür angefertigt werden.

«Und dann hat sie das Tigerbaby wirklich gegessen?» wollte ich jedesmal schaudernd wissen.

Papi nickte. «Mit Pfeffer und Salz. Der Schwanz schmeckte allerdings etwas ledern.»

«Und dann konnte sie wieder laufen?»

«Wie ein Wiesel. Sogar Ballett hat sie getanzt.»

«Also wirklich, Karl Albrecht!» sagte Mutti.

Auf dem Boden gab's noch 'ne Menge Sachen von der Chinesin: Paravents mit Vögeln, Bastmatten, Teile eines Teegeschirrs und in einem verstaubten Koffer Seidenhosen und mit Drachen bestickte Jakken, Papierblumen und Fächer.

Ich wollte unbedingt, daß Hänschen Naumann mir eine Sänfte baute. Aber er hat bloß gelacht und sich an die Stirn getippt. «Hast du 'n Schuß?» Ich mußte erst an mein Sparschwein gehen und ihm Groschen für Groschen in seine gierige Kralle legen, bis er endlich dazu bereit war. Sein Freund hat ihm dabei geholfen, aus einem alten Korbstuhl so was Ähnliches zu basteln. Dann hab ich mir eine von den Jacken angezogen und mich durch den Garten tragen lassen. Hänschens Freund ist fast zusammengebrochen und hat immer nur gestöhnt: «Was bist du schwer, Charlotte. Hast du Blei in den Knochen?» Erst die beiden Colas, die ich aus dem Kühlschrank geklaut habe, brachten sie wieder zu Kräften.

Irgendwann bekam ich die Masern und mußte im Bett bleiben. Und weil es stinklangweilig war, erlaubte mir Papi, mich im Wohnzimmer aufs Sofa zu legen. Wir waren beide allein zu Haus. Mutti war mit den anderen unterwegs.

Während Papi versuchte, eine seiner hundertneunzig Uhren zu reparieren, die im Wohnzimmer herumliegen und stehen – er ist nämlich ein Uhren-Freak –, hat er mir die traurige Geschichte vom Bruder der Chinesin erzählt. Der war in seine Kusine verknallt. Er wollte sie unbedingt heiraten und bat seine Schwester, doch mit den Eltern über seine Liebe zu sprechen. Und daß er sie zur Frau haben wollte.

«Er hätt' ja schließlich auch selber fragen können», sage ich.

Papi schüttelt den Kopf. «In China ist so was unmöglich. Da hat man nämlich noch großen Respekt vor seinen Eltern. Wenn ein Junge mit seinem Vater sprechen möchte, muß er erst mit dem Kopf dessen Füße berühren.»

Er verzieht das Gesicht. «Verdammt, jetzt hab ich mich an dem Uhrzeiger gerissen. Wo war ich stehengeblieben? Ach so, ja. Also, seine Schwester konnte ihm die erfreuliche Nachricht überbringen, daß die Eltern der Kusine gegen eine Heirat nichts einzuwenden hätten. Natürlich durfte er seine zukünftige Braut bis zur Hochzeit weder sehen noch sprechen.»

«Ganz schön bescheuert», sage ich.

«Überhaupt nicht. In China gilt das eben als unschicklich. Also, der Tag der Hochzeit kommt, und als sie nach der Trauung allein sind, schlägt die Braut ihren Schleier zurück. Und was soll ich dir sagen –» Papi macht eine wirkungsvolle Pause. «Es ist überhaupt nicht seine geliebte Kusine, sondern ein ganz fremdes Mädchen. Verzweifelt stürzt er zu seiner Schwester. Die zuckt bloß mit den Achseln und sagt:

‹Wir mußten diesen Weg für dich wählen. Der Astrologe hat festgestellt, dein Schicksal und ihr Schicksal passen nicht zusammen!›»

Papi beginnt zu singen: «Mitsou, Mitsou, Mitsou, mein ganzes Glück bist du.» Es ist einfach zu traurig, und ich muß weinen. Jemand läutet an der Haustür.

«Das wird der Mann von der Feuerversicherung sein», sagt Papi. «Nun beruhige dich mal.»

Er kommt mit dem Vertreter zurück. Der sieht mich mitleidig an. «Warum weint die Kleine denn?»

«Es ist nichts», sagt Papi und lächelt mich an. «Sie ist ein bißchen erkältet. Kann ich Ihnen was zu trinken anbieten?»

«Da sage ich nicht nein.» Der Vertreter läßt sich in einen Sessel fallen und sieht sich um. «'ne Menge Uhren haben Sie hier. Wohl Sammler.» Er öffnet das Schloß seiner Aktentasche. «Lebt eigentlich die Metzgersfrau noch, der früher dieses Haus gehörte? Ich hatte ja damals den Bezirk noch nicht, aber mein Kollege hat mir oft von ihr erzählt. Eine verrückte Schachtel muß das gewesen sein. Schwärmte für China und machte ganz auf chinesisch. Dabei war's die reinste Walküre, blond und füllig. Soviel ich weiß, stammte sie aus 'm Ruhrpott. Na ja, jeder Mensch hat so seine Marotten.»

Nachts habe ich wieder Fieber bekommen und wirres Zeug geträumt. Als ich aufwachte, standen Papi und Mutti an meinem Bett, und Mutti sagte:

«Das kommt von dem Schwachsinn, den du dem Kind erzählst. Das hat sie zu sehr aufgeregt.»

Hänschen Naumann und ich haben nie wieder auf dem Boden gespielt, und Papi hat mir nie mehr «Mitsou, Mitsou, Mitsou, mein ganzes Glück bist du» vorgesungen.

Lange Zeit ist nicht mehr von der Chinesin geredet worden. Anna-Sofie interessiert sich sowieso nur für Tiergeschichten. Ich hatte die Chinesin total vergessen, bis ich neulich hörte, wie Ferdinand fragte: «Hat sie das Tigerbaby wirklich gegessen?» Und Papi antwortete: «Mit Haut und Haaren und viel Pfeffer und Salz drauf. Nur der Schwanz war ein bißchen ledern.»

Ich bin zu den beiden gegangen und hab gesagt: «Gott, Papi, schon wieder diese öde Geschichte!»

Er hat mich angesehen, gelacht und gesagt: «Lang, lang ist's her. Was, Charlotte?» Dann hat er meinem Bruder das ganze Lied von Mitsou beigebracht, und Ferdinand krächzte: «Laternen in den Bäumen, die laden ein zum Träumen.»

3. Die Grafenbank

Geschichten! Geschichten! Geschichten! «Unsere Vertreibung ist ein Stück deutsche Geschichte», sagt Omi gelegentlich gedankenvoll.

»Das sind ja schöne Geschichten!» donnert Papi Ferdinand an, als der nach dem ersten Tag im Kindergarten Mutti eine «blöde Sau» nennt.

«Na, du machst vielleicht Geschichten!» sagt mein Deutschlehrer, Peter Sommer, dieser gnadenlose Mensch, und gibt mir das Aufsatzheft zurück. «Schon wieder eine Fünf. Total konfus, das Ganze. Von der Rechtschreibung wollen wir erst gar nicht reden. Ja, ja, der Adel!» Dann schaut er sich in der Klasse um und fragt: «Gibt's hier vielleicht auch 'ne Grafenbank?»

Wir glotzen verständnislos, und er erklärt uns grinsend, was es damit auf sich hatte. Als er noch in die Grundschule ging, gab's in seiner Klasse mehrere Adelige, darunter auch zwei Grafen. Die setzte man alle zusammen in eine Bank: große Klappe, aber Stroh im Kopf! Deshalb wäre es bei den Lehrern so eine Redensart gewesen, wenn ein Schüler eine Arbeit verhauen hatte: Du gehörst wohl auch auf die Grafenbank!

Er lächelt mich an. «Du verstehst doch Spaß, Charlotte. Ist ja nur ein kleiner Scherz.»

«Wenn's einer ist», sage ich und kann fast noch im Sitzen auf diesen Zwerg hinuntersehen. «Aber mit dem haben Sie sich wohl etwas übernommen.»

Er hat von Anfang an einen Pik auf mich gehabt. Als diese Mumie, klein und rundlich, mit einem urigen Vollbart, aber auf dem Kopf bereits total abgeholzt, zum erstenmal in unsere Klasse gewieselt kam, flüsterte ich einer Freundin zu: «Wo haben sie denn den ausgegraben?» Leider etwas zu laut. Er drehte sich gleich nach mir um und funkelte mich aus seinen Mumienaugen an. «Wie heißt denn du?»

Ich nannte meinen Namen, und er meinte spöttisch: «So, so, ein Fräulein von und zu. Dich muß man wohl mit einem Handkuß begrüßen.» Aber dann klappte er gleich die Harmoniekiste auf, daß die Scharniere krachten, und ist auf die «Der-Lehrer-ist-euer-bester-Kumpel»-Tour umgestiegen. Wir sollten ihm von uns erzählen, damit er uns besser kennenlernen könnte.

Viel herausgekommen ist dabei nicht. Geredet hat eigentlich nur er – und die ganze Zeit von sich. Wie schwer er in unserem Alter bereits schuften mußte auf dem Hof seiner Eltern. Mit den Hühnern aus dem Bett, jawohl! Ausschlafen hätt's da nicht gegeben.

Und dann das Melken. Acht Kühe morgens und abends. Natürlich noch mit der Hand. Von der Feldarbeit ganz zu schweigen.

Ich hab dummerweise mal wieder zu laut geflüstert: «Wär er doch bei seinen Rindviechern geblieben!» Da war's vorbei mit dem freundlichen Getue.

Zu Hause regen sich Mutti und Omi, die viel bei uns rumhockt, wenn sie nicht auf Reisen ist, ganz fürchterlich auf über die «Grafenbank», und Omi schimpft: «Das ist ja wie im Dritten Reich! Dieselben Vorurteile!» Nur weil sie adelig war, mußte sie nämlich im Arbeitsdienst die Klos scheuern. Mutti will gleich zum Schulleiter. Von wegen Diskriminierung und so. Aber Papi lacht nur darüber.

«Macht doch nicht so einen Wirbel. Charlotte kann sich ganz gut alleine wehren. Vielleicht wollte der Lehrer ihr ja nur die Sporen geben, um sie aus ihrem Phlegma aufzurütteln.»

Sporen geben! Papi liebt solche Vergleiche. Dabei ist es bestimmt tausend Jahre her, daß er auf einem Pferd gesessen hat. Über der ganzen Aufregung haben Mutti und Omi total meine schlechte Note vergessen. Aber Papi nicht. Er macht bereits sein Im-Namen-des-Volkes-Gesicht. «Jetzt möchte ich von dir wissen, Charlotte –»

Ich falle ihm gleich ins Wort: «Ehe ich's vergesse, Papi, im Gästeklo tropft der Wasserhahn.»

«Was? Schon wieder?« Er steht sofort auf und

sucht nach seiner Zange. Mit tropfenden Wasserhähnen hat er 'nen richtigen Tick. Jedesmal kriegen wir zu hören, wie viele Millionen Liter Wasser durch tropfende Hähne vergeudet werden. Mutti muß sogar im Badezimmer das Spülwasser aus der Waschmaschine in der Badewanne sammeln, damit es noch mal fürs Klo gebraucht werden kann. Mutti schämt sich halb zu Tode. «Das wird wirklich langsam zur Marotte bei dir, Karl Albrecht.»

Seitdem ein Gast sich beklagte, eines von uns Kindern hätte wohl vergessen, nach dem Baden den Stöpsel aus der Wanne zu ziehen, gibt sie jetzt jedem Besucher langatmige Erklärungen ab.

Ich verziehe mich schnell in mein Zimmer, das ich mit Anna-Sofie teilen muß, und erwische sie an meinem Schreibtisch. «Was machst du da?» frage ich scharf.

«Ich brauche Buntstifte.» Sie wühlt ungeniert weiter.

«Aber nicht meine!» Ich reiße sie ihr wieder aus der Hand und sehe sie mit weit aufgerissenen Augen durchbohrend an.

Sie weicht zurück. «Du darfst mir keine Angst machen! Ich bin in der Vorpubertät. Hat Mutti gesagt.»

Wahrscheinlich denkt sie, das ist eine schwere Krankheit oder so was. Daran ist nur Mutti schuld. Sie sagt immer, ich müßte jetzt mehr Verständnis für meine kleine Schwester haben. Von dieser Vorpubertät kämen auch ihre Angstträume und das nächtliche Aufschreien. Da kann man ja nur lachen! Die schlechten Träume hat sie von den Horrorfilmen, die sie heimlich sieht, wenn die Eltern nicht da sind. Nur Tieren darf auf dem Bildschirm nichts passieren; dann hält sie sich die Augen zu.

Und wer hat Verständnis für mich? Zum Beispiel, daß ich viel lieber ein Zimmer für mich allein hätte wie Andrea.

Unser Zimmer ist wirklich der reinste Zoo. Auf der Kommode blubbert ein Aquarium vor sich hin. Im Käfig rackert sich der Goldhamster auf seinem quietschenden Tretrad ab. Das Zwergkaninchen mümmelt im Schuhkarton an einer Mohrrübe, und die Schildkröte Else kriecht gerade unter dem Schreibtisch hervor. Sie sieht wie ein übergroßer Marienkäfer aus. Anna-Sofie hat den Panzer mit roter Farbe bestrichen, damit man sie bei ihren Ausflügen im Garten wiederfindet.

«Später, später», heißt es immer beschwichtigend, sobald ich was von einem Zimmer sage. «Wenn du älter bist.»

Mal ist man zu jung, mal zu alt. Gerade, wie es paßt.

Andrea hat kein Mitleid mit mir. «Noch 'n richtiges Baby mit 'm Daumen im Mund, wenn's keiner sieht.»

Ich gehe langsam mit starrem Blick auf Anna-Sofie zu, die sich schon wieder an meine Buntstifte ranmachen will. Sie rennt kreischend aus dem Zimmer. Ich habe ihr nämlich erzählt, daß ich hypnotisieren kann, das hätte ich aus einem Buch gelernt. Dann müßte sie alles tun, was ich von ihr verlange. Sogar gebratene Leber essen, noch ganz blutige. Davor ekelt sie sich furchtbar. Kaum ist sie raus, da kommt Ferdinand angetrottet, seinen Teddy im Arm. «Erzähl mir die Geschichte vom Tigerbaby», verlangt er.

«Erzähl sie dir doch selbst», sage ich mürrisch. Aber er hat sich schon auf meinem Schoß breitgemacht. Ich erzähle ihm eine Geschichte, aber eine ganz andere. Von einem Mäusebaby, das nachts in seinen offenen Mund gekrochen ist und sich in seinem Magen ein Nest gebaut hat. Er quietscht vor vergnügtem Entsetzen. Ich kitzle ihn noch ein bißchen und schiebe ihn dann zur Tür raus.

Unter meinem Kopfkissen hole ich mir eine Tafel Schokolade und werfe mich dann krachend aufs Bett. Wenigstens die Schokolade hat Anna-Sofie noch nicht entdeckt. Ich schiebe genüßlich Stück für Stück in den Mund und lege meine Hand auf den Bauch. Ganz schön rund ist der. «Lymphatisch», sagt Mutti. «Backfischspeck», meint Omi. «Das verliert sich.»

«Pures Fett», findet Papi. «Hoffentlich wird nicht eine zweite Tante Monika aus dir, für die extra ein Stuhl angefertigt werden mußte, damit sie in den Armlehnen nicht steckenblieb.»

«Wer im Glashaus sitzt ...» sagt Mutti.

Ich bin wirklich ziemlich dick. Aber auch ziemlich groß für meine zwölf Jahre. Ein weiblicher Goliath, sagt Papi. Akzeleriertes Wachstum nennt es der Schularzt. Die Waage ächzt, wenn ich mich draufstelle. Ferdinand hat im Kindergarten ein Bild von mir gemalt. *Meine Schwester Charlotte* hat irgend jemand für ihn daruntergeschrieben. Voll getroffen, sagen alle. Aber so abstehende Ohren hab ich wirklich nicht, auch keine X-Beine.

«Deine Beine können sich jetzt schon sehen lassen», sagt Omi. Ich sehe an meinen Beinen hinunter auf die Schuhe. Die regen nun Omi wieder auf. «Warum putzt ihr euch die eigentlich nie? Das Leder ist völlig ausgetrocknet und ganz rissig. Da kann ja kein Schuhwerk halten. Sag doch auch mal was, Karl Albrecht.»

Aber Schuhe interessieren Papi nicht. «Ich hab wirklich andere Sorgen.»

Die hab ich auch. Wir müssen schon wieder einen Hausaufsatz schreiben. *Zahlen, hinter denen Menschen stehen.*

«Ihr habt die Wahl», hat Peter Sommer gesagt. «Arbeitslose, Behinderte, Randgruppen. Was ihr wollt. Schicksale will ich hören.»

Während das letzte Stück Schokolade in meinem Mund zergeht, setze ich mich an den Schreibtisch und hole mein Aufsatzheft raus. Was läßt sich schon zu so einem blöden Thema sagen? Vielleicht sollte ich mal den Penner befragen, den wir öfter in Serengeti aufstöbern. Wenn der nämlich nüchtern ist, läßt es sich echt gut mit ihm quatschen. Doch dann kommt mir eine andere Idee.

Neulich gab's im Fernsehen einen alten Kinofilm: «Nacht über Gotenhafen». Mutti wollte uns wie immer ins Bett schicken, aber Papi war gerade auf einer Dienstreise, und Omi sagte: «Laß sie doch, dann kriegen sie mal eine Ahnung, was wir so mitgemacht haben.»

Zuerst war's nur eine ziemlich öde Liebesgeschichte. Mit viel Theater um ein uneheliches Kind. Aber zum Schluß wurde es dann echt grausig. Mit Treckwagen auf dem Eis im Schneesturm und Flüchtlingen, die zu Tausenden auf der «Wilhelm Gustloff», eine Art Traumschiff der Nazis, vor den Russen fliehen wollten. Doch in der Nacht auf hoher See wurde der Dampfer von russischen Torpedos getroffen. Während das Schiff langsam wegsackte, sah man ein kleines Kind ganz allein an der Reling stehen und auf die ertrinkenden Menschen in dem eisigen Wasser starren.

Omi bekam ganz blanke Augen und sagte immer wieder: «Ist es nicht furchtbar, ist es nicht furchtbar? Wenn ich denke, daß euer Vater kaum älter war als dieses Kind im Film, als er und Onkel Ulrich sich ganz allein durchschlagen mußten.»

«Wieso?» sagt Andrea und will schnell umschalten, weil es auf dem anderen Kanal gerade einen spannenden Film mit Robert Redford gibt. Aber

Mutti ist fixer. Sie hat den Apparat bereits ausgeschaltet.

Omi ist ganz erstaunt: «Wissen denn die Kinder nichts davon, Edith?»

«Ein bißchen schon», sagt Mutti. «Aber Karl Albrecht spricht nicht gern darüber.»

Omi hat uns dann alles haargenau erzählt. Wenn das kein Thema ist! Während ich schreibe, erlebe ich alles mit.

Der Treck steht schon abmarschbereit auf dem Gutshof. Aber unsere Großmutter zögert noch, mit ihren beiden Jungen auf einen der Wagen zu steigen. «Wo euer Vater nur bleibt. Er müßte längst aus der Kreisstadt zurück sein», sagt sie zu Onkel Ulrich, der damals wohl so alt war wie ich. Papi war erst fünf.

Der Treckführer drängt zur Eile. «Da sind bestimmt schon die Russen, Frau Baronin. Wir müssen los, sonst kommen wir in die Dunkelheit, und es sieht ganz so aus, als ob wir Schnee kriegten.»

«Nimm den Einspänner, Ulrich», entscheidet schließlich unsere Großmutter, «und fahr mit deinem Bruder voraus. Wir kommen nach.»

Der Wagen wird angespannt. Ulrich läuft ins Haus und holt sich sein Tesching; dann klettern die Brüder auf den Wagen. Der Treck setzt sich in Bewegung.

«Adieu Haus, adieu Park, adieu Hof, adieu Scheune!» ruft Papi. Es ist ein altes Spiel. Sie spielen es jedesmal, wenn sie wegfahren.

«Halt endlich die Klappe, und knöpf dir den Mantel zu», sagt Ulrich.

Ich stelle mir vor, wie das sein muß, bei zwanzig Grad unter Null auf einem offenen Pferdewagen zu sitzen, wo ich mich schon halb totfriere, wenn bei uns im Winter nur mal für einen Tag die Heizung ausfällt.

Sie erreichen nicht mal das nächste Dorf. Der Krieg ist schneller. Panzer fahren in den Treck. Das totale Chaos bricht aus. Ulrich schafft es, mit dem Einspänner auf einem Feldweg zu entkommen. Sie verstekken sich in einem Wäldchen und warten ab, bis es Tag wird. Dicht aneinandergeschmiegt schlafen sie ein. Sie wachen auf, weil das Pferd erschreckt wiehert. Jemand versucht gerade, es zu klauen. Onkel Ulrich stürzt sich auf den Dieb. Es kommt zu einem wilden Handgemenge. Endlich gelingt es Ulrich, sich loszureißen. Er greift nach dem Gewehr und erschießt den Räuber.

Auf Schleichwegen fahren sie zu dem Gut ihres Onkels Robert. Aber dort ist niemand mehr. Zwei Tage warten sie in dem verlassenen Haus auf ihre Eltern, dann beschließt Ulrich, allein weiterzufahren. Tagelang sind sie unterwegs. Ulrich organisiert Futter für das Pferd und sorgt für seinen Bruder, damit er ihm unterwegs nicht erfriert. Endlich landen sie bei ihrer Großtante Anni in Hannover.

Als ich den Aufsatz zurückbekam, hat Peter Sommer

gesagt, mit mir wäre wohl ein Wunder geschehen. Wenn ich dafür keine Eins bekäme, dann nur, weil ich grundsätzlich bei jedem dritten Wort den letzten Buchstaben weggelassen hätte. Das wäre wohl meine besondere Note. Dann will er wissen, was aus Onkel Ulrich und Papi geworden ist. Und ob sie ihre Eltern wiedergefunden haben.

Ich schüttle den Kopf. «Meine Großeltern sind umgekommen.»

Zu Hause habe ich natürlich gleich von meiner fabelhaften Note erzählt. Mutti war hell begeistert und sagte immerfort zu Papi: «Lies doch mal, Karl Albrecht.» Aber Papi hatte irgendwie keine Lust. «Sehr schön, sehr schön», murmelte er nur zerstreut, «aber so, wie ich meine Tochter kenne, hat sie sich bestimmt die Hälfte aus den Fingern gesogen.»

Ich war natürlich wahnsinnig beleidigt. «Kein Wort. Omi hat's mir so erzählt.»

«Ach so», sagte Papi. «Na ja, die muß es ja wissen.»

«Weiß sie auch», sagte Mutti, «und ich verstehe wirklich nicht, warum du daraus immer so ein Geheimnis machst.»

Den nächsten Aufsatz habe ich natürlich prompt wieder verhauen.

Aber Peter Sommer war diesmal ganz milde und meinte bloß: «Ja, ja, eine Schwalbe ...»

Von seinen Kühen hat er nie mehr gesprochen.

4. Die blaue Grotte

Frau Fröhlich, unsere Nachbarin, hat einen starken Glauben. Sie glaubt an alles mögliche: an die Kraft ihres speziellen Heilöls, an das Glück im Spiel, an übersinnliche Kräfte, an Träume, an ewige Liebe. «Meine Edelgard hat mir den Glauben an die Menschheit wiedergegeben», hat der verstorbene Herr Fröhlich oft zu uns gesagt. Der war ihm in seinem Beruf echt verlorengegangen. Herr Fröhlich war nämlich Beamter im Knast. «In einer Strafvollzugsanstalt», verbessert Mutti.

Er war so schweigsam wie ein Kanarienvogel, dem eine Decke über den Käfig gestülpt worden ist. Nur ab und zu nickte er vor sich hin und sagte: «In so einer Anstalt, da kommst du echt ins Grübeln. Ist das Böse vielleicht gut und das Gute gemein? Nach so vielen Jahren weißt du das selbst nicht mehr.»

Nur wenn wir ihn sehr gedrängt haben, erzählte er uns ein bißchen, wie streng es früher war, als sich die Häftlinge noch heimlich aus Niveadosen Radios bastelten, um ein bißchen Abwechslung zu haben.

Heute gäb's ja schon in jeder Zelle Radio, und als nächstes würden die Herren wohl auch Fernseher bekommen.

Aber auch der härteste Verbrecher müßte irgendwann mal über seine schreckliche Tat reden. «Dann ziehste noch ein bißchen an der Zunge, und schon kriegst du jede Einzelheit zu hören.»

Vor dem ruhigen Herrn Fröhlich, der gar nicht nach einem Bullen aussah, hatte selbst Hänschen Naumann Dampf. Der konnte ihn so angucken, so ganz ruhig, daß ihm richtig schummerig wurde.

Herrn Fröhlichs Hobby waren die Piepmätze, die ja von der Umweltverschmutzung auch so bedroht sind. Er war Mitglied des Vogelschutzbundes und versuchte nach Feierabend unter dem Motto «Was piept denn da?» den Bürgern die einheimische Vogelwelt näherzubringen.

Seine Führungen durch Parks und über Friedhöfe waren sehr beliebt, obwohl er oft fast verzweifelte, weil die Leute nicht mal einen Spatz von einer Meise unterscheiden konnten. Nur Anna-Sofie lobte er immer. Sie war seine beste Schülerin und rasselte bald sämtliche Meisenarten runter: Bartmeise, Beutelmeise, Schwanzmeise, Haubenmeise, Sumpfmeise, Weidenmeise, Blaumeise, Kohlmeise, Tannenmeise ...

«Du hast auch 'ne Meise», sagte Hänschen, packte sie im Genick und schüttelte sie. «Nächstens fängst du selber noch an zu piepsen wie so 'n Vogel.»

Bei einer seiner Führungen hatte Herr Fröhlich dann seine Edelgard kennengelernt.

«Die Nachtwanderungen waren wohl besonders beliebt», sagt Papi jedesmal, wenn wir darüber reden.

Frau Fröhlich war damals noch Friseuse und machte die Führung eigentlich nur aus Jux mit. Aber sie hat gleich gemerkt, was Herr Fröhlich für ein Mensch war. Ein ernster, wertvoller nämlich.

Fünfzehn Jahre sind sie verheiratet gewesen. «Und da geht er einfach hin und stirbt, schläft im Sessel ein und wacht nicht mehr auf. Herzversagen hat der Arzt festgestellt. Ein schöner Tod», seufzt Frau Fröhlich.

Die ersten Wochen verkroch sie sich mit ihrem Kater Mummel ganz in ihrem Haus und wollte niemand mehr sehen. Nur ich durfte sie manchmal besuchen, weil ich ihren Nußkuchen so liebe. Ich hab dann im Wohnzimmer gesessen, den Kuchen gegessen, und sie hat, mit Mummel auf dem Schoß, halblaut vor sich hin gesprochen. Daß der größte Schmerz keine Tränen kennt und daß man anderen eher verzeihen kann als sich selbst. Der Kater schnurrte friedlich, und ich hab mich bemüht, nicht auf den schönen blauen Teppich zu krümeln.

Blau ist Frau Fröhlichs Lieblingsfarbe. Gardinen, Sesselbezüge, Tischdecke, Teppich – alles ist blau, sogar der künstliche Vogel, der in einem Käfig sitzt. Papi hat deshalb ihr Wohnzimmer auch «die blaue Grotte» getauft.

Sie hört sich immer wieder die schönsten Vogelstimmen vom Band an, die Herr Fröhlich im Lauf der Jahre aufgenommen hat.

Manchmal konnte man sogar im November, wenn der Regen herunterprasselte, aus ihrem Haus eine Nachtigall ganz wundervoll singen hören.

«Das greift einem ja direkt ans Herz», sagte Opa Naumann.

Aber dann hat sie sich wieder gerappelt, und Frau Reimer sagte: «Jetzt macht die Edelgard sich die Haare wieder hübsch. Jetzt hat sie's überstanden.»

Frau Fröhlich fing wieder an, in ihrem Häuschen als Friseuse zu arbeiten. Nur so aus Spaß, denn «nötig hat sie's nicht», sagt Frau Reimer. «Ihr Mann war ja Beamter.»

Die ganze Siedlung geht zu ihr, und auch Mutti läßt sich von ihr die Haare machen. Frau Fröhlich weiß Bescheid, was in der Siedlung so passiert. Aber kein Wort kommt über ihre Lippen. Dafür erzählt sie lieber von den Friseuren, unter denen sie früher arbeiten mußte, bevor sie Herrn Fröhlich heiratete. Der eine war ein richtiges Ekel, ein echter Macho. Wenn der sagte: «Heute haben wir unseren Färbetag», wagte die Kundin nicht zu mucksen. Reifere Damen kommandierte er gern herum: «Nu mal aufgestanden, zack, zack!»

«Und die haben sich das gefallen lassen?» fragt Mutti ungläubig.

Frau Fröhlich nickt. «Der konnte sich das leisten.

Ich frag mich nur, warum. Die ganze Haarpracht hielt höchstens einen Tag.»

Seit Herrn Fröhlichs Tod beschäftigt sie sich viel mit dem Übersinnlichen, und was Träume einem sagen und ankündigen wollen. «Bis jetzt», behauptet Frau Fröhlich, «ist tatsächlich alles eingetroffen.»

Einmal ist sie im Traum auf dem Meer gerudert. Plötzlich hat es im Wasser gezischt und gebrodelt. Eine Insel ist aufgetaucht und gleich darauf noch eine. Als sie am nächsten Morgen in den Garten ging, war der voll von Maulwurfshaufen. Und dann die Sache mit ihrem Haus, das sie im Traum nicht wiederfinden konnte. Ganz verzweifelt suchte sie und wachte schließlich darüber auf. Und was ist danach passiert? Sie hat ihre Hausschlüssel verloren und vor der verschlossenen Tür gestanden.

«Was ist ‹übersinnlich›, Papi?» frage ich beim Sonntagsfrühstück.

Papi holt das Lexikon. «Das Wahrnehmen der seelischen Vorgänge eines anderen Menschen ohne Vermittlung der Sinnesorgane», liest er uns vor.

«Auch bei Tieren?» fragt Anna-Sofie.

«Sicher auch bei Tieren», bestätigt Papi und klappt das Lexikon zu. «Ist noch Kaffee da?»

Mutti steht auf. «Mit der Wahrnehmung der seelischen Vorgänge eines anderen Menschen tust du dich leider sehr schwer. Auch ich hatte übrigens heute einen sehr aufschlußreichen Traum.»

«Ich will Kaukau», quengelt Ferdinand.

«Dann erzähl ihn uns.» Papi ist durch die knusprigen Brötchen gnädig gestimmt.

«Krieg ich heute keinen Pampelmusensaft?» beschwert sich Anna-Sofie.

«Also, mein Traum.» Mutti sieht uns ganz merkwürdig an. «Ich lag noch gemütlich im Bett, und trotzdem war schon alles gemacht: der Frühstückstisch gedeckt, die Orangen ausgedrückt, die Eier gekocht, der Mülleimer rausgetragen, die Spülmaschine ausgeräumt.»

«Nicht schwer zu deuten.» Papi beißt krachend in ein Brötchen. «Du hast von den Heinzelmännchen geträumt.»

«Ach, wirklich?» sagt Mutti gedehnt.

Im Herbst träumte Frau Fröhlich, Mummel sei von unserem Ahorn erschlagen worden. Papi beruhigte sie, so gut er konnte. «Wer wird denn gleich an das Schlimmste denken, liebe Frau Fröhlich.» Er kappte einen großen Ast, der über ihren Gartenzaun hing. Frau Fröhlich, angetan mit einem blauen Rock und einer blaugefärbten Kaninchenjacke, sah ihm dabei zu.

«Nun fällt auch nicht mehr so viel Laub auf Ihren Rasen.»

Aber Blätter sind Frau Fröhlich egal. Ihr Garten ist nicht gerade der gepflegteste, sehr zum Ärger der anderen Nachbarn, die fast mit der Pinzette das Unkraut aus dem Rasen zupfen und schimpfen: «Wir kriegen den ganzen Löwenzahnsamen über den Zaun!» Dafür fühlen sich die Vögel um so wohler, weil sie dort ungestört ihre Nester bauen und brüten können.

Frau Fröhlichs Angst vor dem Ahornbaum ist für sie zu einem richtigen Alptraum geworden, und von dem kann nur Papi sie erlösen. Beharrlich verfolgt sie ihn und redet auf ihn ein, bis er schon flieht, wenn er drüben nur die Haustür klappen hört. Einmal ist er sogar durch die Hecke rüber zu Opa Naumann gekrochen. Der hat sich ganz fürchterlich erschrocken, als Papi da so plötzlich angewühlt kam.

In der Siedlung munkelt man, Frau Fröhlich wäre jedes Mittel recht, um den Baum umzubringen. Als wir nicht da waren, soll sie etwas über den Zaun geschüttet haben, genau da, wo er steht. Wahrscheinlich Streusalz, für jeden Baum das reinste Zyankali.

«Dem Ahorn scheint es gut bekommen zu sein», meint Papi und betrachtet zufrieden die vielen Triebe am Baum.

«Ist doch nur Klatsch und Tratsch», sagt Mutti. «Ich kenne die Siedlung.»

Papi ist ganz ihrer Meinung. «Warum sollte unser Baum ausgerechnet auf diesen dusseligen Kater fallen? Etwas exaltiert ist sie wirklich – und einfach zu dick.»

«Was hat denn das eine mit dem anderen zu

tun?» Mutti mustert anzüglich seinen Bauch. «Du bist ja auch nicht gerade eine Tanne.»

Papi versucht, seinen Bauch einzuziehen. «Bei einem Mann ist das ganz was anderes. Laßt wohlbeleibte Männer um mich sein, heißt es schon bei Shakespeare.»

«Aber nicht bei mir. Ich hätte dich lieber schlanker.»

«Und das sagst du mir einfach so ins Gesicht?» Papi ist tief gekränkt.

«Einfach so», bestätigt Mutti lächelnd. «Von mir erwartest du ja auch, daß ich nicht aus dem Leim gehe.»

«Mich mit Frau Fröhlich zu vergleichen!»

«Die hat wenigstens einen Grund, so dick zu sein. Bei ihr ist es Kummerspeck. Aber du, du bist einfach nur verfressen.» Mutti kann ganz schön fies sein. Aber es stimmt, dauernd ist Papi am Eisschrank zugange. Und mäklig ist er, nicht zu sagen. Er schnuppert an der Butter. Riecht sie nicht schon ein wenig ranzig? Und an dem Käse. Der hat wohl auch seine beste Zeit bereits hinter sich.

«Ich bin eben ein Feinschmecker, im Gegensatz zu euch», behauptet er. «Das hat auch was mit Kultur zu tun.» Und schon ist der teure Lachs wie durch Zauberhand in seinem Mund verschwunden.

«Was hat Frau Fröhlich schon für Kummer! Bestimmt hat sie nicht mehr auszustehen als ich auf dem Finanzamt.»

«Bis auf die Kleinigkeit, daß sie ihren Mann im vorigen Jahr verloren hat.»

«Richtig, den Vogelhändler.» Das ist wieder so einer von Papis Scherzen, über die nicht mal Ferdinand lachen kann. «Ich frag mich nur, warum sich diese Vogelfreunde ausgerechnet einen solchen Mordskater als Haustier anschaffen mußten. Dann hätten sie sich ja gleich einen Habicht halten können.»

«Mummel ist viel zu alt, um Vögeln nachzujagen», sagt Mutti.

«Stimmt», erinnert sich Papi. «Seitdem er irgendwo Rattengift genascht hat, besitzt er ja wohl keine Zähne mehr. Jedenfalls habe ich ihn neulich beobachtet, wie er vergeblich versuchte, eine Maus zu fressen. Es konnte einen jammern, wie verzweifelt er auf dem Tier rumkaute und es schließlich doch liegen lassen mußte. Ich dachte, er nimmt sich das Leben.»

«Du sollst dich nicht immer über Mummel lustig machen», sagte Anna-Sofie verdrossen.

Papi ist nicht zu bremsen. «Vielleicht sollte man ihm eine Prothese verpassen. Oder eine Transplantation.»

Anna-Sofie springt auf. «Du bist widerlich, Papi!»

Papi kuckt ganz unschuldig. «Wieso? Weil ich mir Gedanken um das arme Tier mache? Also, diese Transplantation», sagt Papi, der mit seiner Geschichte mal wieder kein Ende finden kann, «da müßte man –»

Weiter kommt er nicht, denn Frau Fröhlich stürzt in unseren Garten. Aber diesmal geht es nicht mehr um den Baum. Frau Fröhlich ist in großer Sorge wegen Mummel. Sie wollte, wie immer, mit ihm auf den Friedhof gehen, um die Blumen auf Herrn Fröhlichs Grab zu gießen. Und nun kann sie den Kater nirgends finden. Sie läßt sich von Mutti trösten und zieht dann schließlich ohne ihn los. Gegen Abend kommt sie noch einmal. Mummel hat sich immer noch nicht angefunden. Papi ist jetzt richtig nett zu ihr. «Wahrscheinlich ist er hinter einer Braut her», tröstet er sie. «Sie wissen doch, wie wir Männer so sind.»

Zwei Tage vergehen. Von Mummel keine Spur. Dann sehen Anna-Sofie und ich auf dem schmalen Fahrradweg, der von der Siedlung durch das ehemalige Schrebergelände führt, eine tote Katze liegen. Kein Zweifel, es ist Mummel. Einer von diesen rasenden Motorradfahrern, die hier verbotenerweise durchbrausen, so ein Todesengel, muß ihn überfahren haben. Wir holen Papi, der gerade aus dem Büro gekommen ist. Er packt Mummel in eine Plastiktüte, und wir beerdigen ihn zwischen wilden Rosen und Holunderbüschen.

«Frau Fröhlich sagt ihr lieber nichts», warnt uns Papi. «Es wäre ein zu großer Schock für sie.»

Am Morgen darauf kommt Frau Fröhlich strahlend zu uns mit einer Katze im Arm. Sie hat es den ganzen Abend vorher schon gefühlt, daß Mummel wiederkommen wird, und davon geträumt, wie er auf ihr Bett springt.

Aufs Bett ist er ihr zwar nicht gesprungen, aber im Garten hat er gesessen, der Schlingel.

Wir mußten den Kater von allen Seiten bekucken. Mummel, wie er leibt und lebt. Aber wen haben wir dann begraben? Um wen getrauert? Papi beobachtet, wie Mummel sich über eine Feldmaus hermacht. Wird er das Tier fressen können? Als der Kater sich beobachtet fühlt, wirft er Papi einen schrägen Blick zu, läßt die Maus liegen und verzieht sich.

«Vielleicht sollte man ihm mal ins Maul kucken», schlägt Andrea vor. «Ob er noch Zähne hat.»

«Oh, rühret, rühret nicht daran!» sagt Papi.

Dafür rührt sich was anderes. Während eines Herbststurmes bricht ein großer Ast vom Ahornbaum ab und stürzt zwar nicht gerade auf den Kater, aber dafür auf Papis neues Auto, das ausnahmsweise auf der Straße und nicht in der Garage gestanden hat.

5. Der Findling

«Ein weiblicher Franz von Assisi», seufzt Papi, wenn Anna-Sofie ihn im Garten bewacht, damit er keine Maulwurfsfallen aufstellt. Er deutet anklagend auf einen schwarzen Hügel, der gerade aus dem Rasen wächst. «Seht euch das an. Nächstens darf ich nicht einmal mehr die Rosen spritzen, weil ihr die Läuse leid tun. Wir hätten sie Franziska taufen sollen.»

Anna-Sofie pflegt die Meerschweinchen ihrer Freundinnen gesund, führt Hunde von berufstätigen und alten Leuten spazieren und behängt den Garten mit Meisenringen und Vogelhäuschen.

In Tierkreisen muß es sich herumgesprochen haben, daß sie so ein Tiernarr ist. Vielleicht machen sie ja auch mit der Kralle ein Zeichen an die Haustür wie früher die Bettler. Jedenfalls sind wir zeitweilig das reinste Obdachlosenasyl für zugelaufene Viecher. Sorgar ein kleiner Affe saß schon mal in unserem Ahornbaum.

Ein rabenschwarzes Zwergkaninchen thronte wie ein böser Geist vier Wochen lang zwischen Ferdinands Spielzeugautos, die zu Hunderten in seinem Zimmer herumliegen, so daß man eigentlich nur auf Zehenspitzen laufen kann, und versetzte sein Meerschweinchen in Angst und Schrecken. Das Zwergkaninchen schien sich in diesem Müll von Plastik äußerst wohl zu fühlen und verteidigte sein Revier mit großer Wut. Jetzt lebt es bei einer reichen Witwe, die Anna-Sofie als Adoptivmutter genehmigt hat. Es springt ihr wie ein Hund auf den Schoß, und sie nimmt es überall auf Reisen mit. Sogar in Mallorca war es schon.

«Dieses Tier kennt Hotels», sagt Papi, «die unsereins nicht mal vom Ansehen bezahlen kann.»

Im großen und ganzen nehmen die Eltern Anna-Sofies Macken gelassen hin. «Es ist doch schön, daß unsere Süße so ein gutes Herz hat.»

Nur einmal flippte Mutti aus, als ein herrenloser Wellensittich durchs Haus flatterte, ein ausgesprochen intelligenter Vogel, den Papi sofort in sein Herz schloß, weil er sich bei jedem Telefongespräch auf den Hörer setzte und wie rasend auf die Sprechmuschel hämmerte, so daß man kein Wort mehr verstehen konnte.

«Besser als jeder Gebührenzähler», sagte Papi befriedigt.

Ausgerechnet am letzten Advent fiel der Vogel beim Essen in die Tomatensuppe und versaute Muttis bestes Tischtuch total. Mit triefenden Federn hüpfte er ziemlich benaut über den Tisch.

«Die Spur des Falken», sagte Papi.

Natürlich mußte der Vogel sofort, jetzt gleich, auf der Stelle aus dem Haus, und Anna-Sofie fand für ihn eine neue Bleibe bei unserem früheren Postboten.

In der Weihnachtszeit ist Mutti besonders nervös; da darf man ihr nicht mit Toleranz kommen. Da steht sie echt auf dem Schlauch. Regelmäßig verkündet sie: «Diesmal hetze ich mich nicht wieder so für euch ab. Am Heiligabend gibt's Kartoffelsalat mit Würstchen oder meinetwegen auch Pommes frites, und an den Feiertagen eine schöne Rindfleischsuppe. Auch mit dieser unsinnigen Schenkerei ist endgültig Schluß. Man packt und schreibt und schreibt und packt, und wenn man Glück hat, kriegt man zu Ostern eine Dankeskarte für etwas, das man gar nicht geschenkt hat.»

«Und was war in den vielen Päckchen, die ich gestern zur Post mitnehmen mußte?» wollte Papi interessiert wissen.

Nach dem dritten Advent fetzt sie dann los. Sie schleppt Unmengen von Lebensmitteln heran und beklagt sich, daß ihr mal wieder kein Mensch beim Tragen hilft.

«Sind das die Zutaten für die Rindfleischsuppe?» fragt Papi und versucht vergeblich, eine überdimensionale Pute in der Gefriertruhe zu verstauen.

Mutti sieht ihn unwillig an. «Ich weiß nicht, was

du willst. Es ist immer gut, ein paar Vorräte im Haus zu haben.»

Dann kriegen sie sich in die Haare, weil er mal wieder Kalender vom Alpenglühen bis zum Palmenstrand auf seinem Schreibtisch hortet und keinen herausrücken will.

«Die waren schließlich an mich adressiert.» Er streicht über ein besonders scheußliches Titelbild. «Ist das Mädchen nicht hübsch?»

«Was willst du bloß damit?» schimpft Mutti. «Deine Schubladen sind noch voll vom letzten Jahr. Ich brauche einen für die Küche. Aber ich habe wirklich keine Lust, mit dir darüber zu diskutieren. Geht jetzt lieber und holt endlich einen Weihnachtsbaum.»

Streß gehört nun mal zur Weihnachtszeit. Ferdinand malt, schneidet aus und bekritzelt bis zur Erschöpfung im Kindergarten jede Menge Sternchen. In der Schule kommen wir vor lauter Bastelbasaren, Adventsfeiern und Krippenspielen zu nichts anderem, und Anna-Sofie mault, weil sie nicht mehr die Maria spielen darf. Ihre schlechte Laune sieht man ihr schon von hinten an. An der Art, wie die Haare herunterhängen. Sie ist für ihre acht Jahre noch ziemlich klein. Um so größer sind ihre Augen. Ein richtiges Glubschgesicht.

«Hoffentlich hat sie von Tante Margot nicht einen Ansatz zu Basedow geerbt», sagt Mutti.

Papi beklagt sich, daß er noch mehr als sonst herumgescheucht wird. «Ich komme bloß noch nach

Hause, um irgend etwas zu heben, zu schieben, zu tragen oder beiseite zu rücken.»

Auch Omis Sprüche von der verlorengegangenen Tugend der Bescheidenheit dürfen nicht fehlen. In ihrer Kindheit war ein Wunderknäuel oder ein bißchen Knete schon das höchste der Gefühle. «Ja, ja, der Sinn des Weihnachtsfestes geht immer mehr verloren.»

Omi macht voll auf Konsumverzicht, ist aber sehr beleidigt, wenn wir uns ihre Predigt zu Herzen nehmen und ihr nur einen Kugelschreiber oder eine hübsche Kerze schenken.

«Kerzen hab ich nun wirklich genug. Wir leben doch nicht mehr 1945.»

Im letzten Jahr kam noch dazu, daß Mutti am Heiligen Abend die ganze Zeit darauf wartete, daß irgend etwas Furchtbares passieren würde.

«Ich weiß nicht, Karl Albrecht, irgend etwas passiert heute noch. Ich hab's im Gefühl.»

«Deine Mutter wird bestimmt nicht wieder beim Schmücken in den Weihnachtsbaum fallen», beruhigte Papi sie.

Das Programm lief wirklich reibungslos ab. Der Baum nadelte schon, wenn man ihn nur scharf ansah; Anna-Sofie mühte sich auf der Blockflöte mit «Ihr Kinderlein kommet»; Ferdinand fegte Maria und Josef samt Christuskind aus der Krippe und stellte seine Autos in die «sicke» Garage; und Andrea mäkelte an ihrer neuen Hose herum. «So eng trägt man sie nicht mehr, Mutti.»

«Aber vor vier Wochen hast du noch gesagt... Also gut, tauschen wir sie eben um.»

Dann gab es etwas im Fernsehen, das wir auf keinen Fall verpassen durften. «Ach, Mutti, bitte laß uns.»

«Die Nachrichten würde ich auch gern sehen», sagte Papi.

Mutti blieb eisern. «Kommt nicht in Frage. Einmal im Jahr werdet ihr ja auch ohne den Kasten auskommen. Wir wollen lieber das neue Würfelspiel von Omi einweihen.»

Papi studierte die Gebrauchsanweisung. «Also, die ungeraden Zahlen kommen auf die roten Felder.»

«Unsinn», sagte Mutti, «laß mich mal sehen.»

Aus dem Garten hörten wir einen merkwürdigen Ton. «Klingt fast wie eine Kuh», sagte Papi, stand auf und ging zur Tür. Ferdinand flitzte hinterher. Nach einer Weile rief Papi: «Tatsächlich! Hier steht 'ne junge Kuh!»

Wir begaben uns ebenfalls in den Garten. Omi konnte nur den Kopf schütteln. «Das ist doch ein Ochse, Karl Albrecht. Und so was wie du stammt vom Lande.»

Es war mal wieder viel zu warm für die Jahreszeit. Es nieselte vom Himmel. Nur die Tannen mit ihren elektrischen Kerzen in den Gärten machten in

Weihnachtsstimmung. Der kleine Ochse sah uns melancholisch an.

«Sicher hat er Hunger.» Anna-Sofie ging Mohrrüben aus dem Keller holen. Papi verständigte die Polizei.

Der Streifenwagen war schnell zur Stelle. Die beiden Polizisten kuckten sich ratlos an. «Auf dem Schlachthof ist jetzt niemand mehr, und auf die Wache können wir ihn schlecht mitnehmen.»

Anna-Sofie, die inzwischen mit den Mohrrüben zurückgekehrt war, wollte wissen, wohin der Ochse gebracht werden sollte.

«In den Tierpark bestimmt nicht», sagte der Polizist. «Was machen wir bloß?»

«Er könnte in unserer Garage bleiben», schlug Anna-Sofie vor.

Die Polizisten waren sichtlich erleichtert. «Eine fabelhafte Idee, Kleine.»

«Und so bürgernah.» Papi grinste. «Mein armes Auto.»

Doch Anna-Sofie ließ ihre Haare gleich wieder ganz traurig hängen, und Papi gab nach.

«Meinetwegen kann der Wagen auf der Straße stehen. Aber nur für diese Nacht.»

Das Gerümpel – Fahrräder, Gartengeräte, Rasenmäher – wurde beiseite geräumt und der Ochse in die Garage getrieben. Dankbar leckte er uns die Hände. Ich erklärte Ferdinand, wo beim Ochsen die Filets sitzen, die er so gern mag. Anna-Sofies Lippen begannen zu zittern. «Muß denn der Ochse ins Schlachthaus, Papi?»

«Wie kommst du auf so was?» fragte Papi. «Wahrscheinlich ist er von einem Bauernhof ausgerissen, und die suchen ihn jetzt schon überall.»

«Hier gibt's doch gar keine Höfe», sagte ich.

«Am Stadtrand jede Menge. Papi wird sie sich aus dem Telefonbuch heraussuchen und der Reihe nach anrufen.»

«Aber wie willst du die im Telefonbuch ...» Ich verstummte. Papi eilte ins Haus. Nach einer Weile folgten wir ihm. Papi saß im Weihnachtszimmer, die linke Hand in meinen Weihnachtsteller gehängt, in der Rechten ein Buch.

«Hast du die Besitzer gefunden?» fragte Anna-Sofie erwartungsvoll.

«Was für Besitzer? Ach ja, natürlich. Ich habe wie wahnsinnig herumtelefoniert. Und stell dir vor, ich habe tatsächlich den Bauern erwischt, dem der Ochse gehört.»

«War er glücklich?» fragte Ferdinand.

«Er hat vor Freude geweint», sagte Papi. «Gleich morgen holt er ihn ab.»

«Was werden die mit ihm machen?»

Papi nahm ihn auf den Schoß. «Sie werden ihn umarmen und küssen und immer wieder sagen, wie schön es ist, ihn wiederzuhaben.»

Ferdinand blickte enttäuscht. «Kriegt er denn keine Dresche, weil er weggelaufen ist?»

«Ein bißchen vielleicht.» Papi zog ihn am Ohr.

Am nächsten Morgen gegen elf Uhr hielt ein Lastwagen vor unserer Gartenpforte. Papi hatte es sehr eilig, auf die Straße zu kommen. Er wechselte mit dem Mann ein paar Worte und winkte uns dann in die Garage. Anna-Sofie hatte auf dem Boden noch eine alte Klavierdecke der Chinesin gefunden und sie dem Ochsen übergehängt. Wir trieben ihn hinaus, und er kletterte brav über ein Brett auf den Lastwagen.

«Nun ist er bald wieder zu Hause», sagte Anna-Sofie zu dem Mann.

«So kann man es auch nennen», murmelte der. «Was ist mit der Decke?»

«Die kann er behalten», sagte Anna-Sofie. «Zur Erinnerung.»

Der Lastwagen ratterte mit unserem Weihnachtsgast davon. Anna-Sofie sang vor sich hin. Sie war glücklich. Als ich ein wenig später durch den Flur ging, hörte ich die Eltern im Eßzimmer miteinander reden. «Hältst du es wirklich für gut, dem Kind so was vorzuschwindeln? Wo wir ihnen doch dauernd predigen, immer die Wahrheit zu sagen!»

«Was ist schon Wahrheit? Wem nützt sie, und wer will sie hören?»

«Und so was ist nun beim Finanzamt!» sagte Mutti.

6. Beerdigung erster Klasse

In der Siedlung herrscht große Aufregung. Bei Frau Kulack ist eingebrochen worden. Noch dazu am Tage. Nicht mal zehn Minuten war sie weg, und schon ist es passiert. Erst hat sie gar nichts bemerkt, sondern sich nur gewundert, daß die Hintertür offenstand. Dabei hätte sie schwören können, daß sie abgeschlossen hatte. Aber zwei Tage später stellte sie fest: Ihr Gespartes war weg! Und sie hatte es doch so prima versteckt. Im Schrank unter der Wäsche. Frau Kulack sitzt ganz gebrochen bei uns in der Küche.

«Dieser Schreck! Umsonst gespart für die Beerdigung. Nun mach ich's nicht mehr lange, mein Jungchen», sagt sie zu Papi. »Wirst sehen. Das Herz, das Herz!»

«Aber, Frau Kulack», versucht Papi sie zu trösten. «Sie werden mindestens hundert. Vielleicht schnappen sie ja den Kerl.»

Auf der Polizei schütteln sie bloß den Kopf. Wie kann man nur so viel Geld zu Hause aufbewahren? Als Frau Kulack erzählt, daß das Geld für ihre

Beerdigung sein sollte, sind die Polizisten richtig erleichtert. «Ach so. Na, darüber machen Sie sich mal keine Sorgen. Die zahlt Ihnen sowieso die Krankenkasse. Irgendwie werden Sie schon unter die Erde kommen.»

«Ich will nicht irgendwie unter die Erde kommen.» Frau Kulack ist ganz entrüstet. «Ich will eine schöne Beerdigung.»

Kurz davor waren Papi und ich mit ihr bei einem Beerdigungsinstitut gewesen. «Ich muß bereit sein, wenn ich abgerufen werde», sagte sie. Ich hatte überhaupt keine Lust gehabt mitzugehen. Auch Mutti fand es überflüssig. «Laß doch das Kind. Das belastet es nur.» Aber Papi bestand darauf, wahrscheinlich um mal wieder den großen Lehrmeister spielen zu können und sein ganzes Wissen vor mir auszubreiten.

Mutti sagt, schon als sie ihn kennenlernte, hat er sie damit geödet. Das weiß sie noch wie heute. Sie wäre ja damals mächtig in ihn verliebt gewesen. Wenn sie so im Überschwang auf eine total uninteressante Kirche, die da in der Gegend rumstand, gedeutet und geflötet hätte: «Hübsch, nicht?», wäre es auf sie nur so runtergeprasselt. Jede Einzelheit dieser blöden Kirche hätte er ihr erklärt. Welcher Stil, welches Jahrhundert und was sonst noch. Sie versteht bis heute nicht, warum er nicht Lehrer geworden ist. Aber nein, das Finanzamt mußte es sein.

Auf dem Weg zum Beerdigungsinstitut legte Papi dann auch tatsächlich gleich los und erklärte mir umständlich den Beruf eines Bestatters. Daß dieser Beruf aus dem 19. Jahrhundert stamme, und wie pompös früher die Beerdigungen gewesen seien. Wenn nicht genug Trauergäste dagewesen wären, hätte man gegen Entgelt Studenten angeheuert, so unzuverlässige junge Leute wie wir. Die hätten das Geld genommen und wären dann gar nicht erst erschienen.

Im Beerdigungsinstitut wurden wir mit großer Höflichkeit von so einem Typ im dunklen Anzug empfangen. Er lobte kolossal Frau Kulacks Umsicht, sich um ihr Ableben selbst zu kümmern und das nicht einfach den Hinterbliebenen zu überlassen. Nach langem Hin und Her entschied sich Frau Kulack dann für ein Begräbnis erster Klasse. Der Bestatter las vor, was es da alles gibt, und sah sie dabei jedesmal fragend an.

«Ein Truhensarg aus massivem Eichenholz in heller oder dunkler Anfertigung?»

«In heller», entscheidet Frau Kulack.

«In heller.» Der Bestatter notiert. «Mit verkupferten Ringgriffen?»

«Mit verkupferten Ringgriffen.»

«Große Namensplatte mit Inschrift?»

Frau Kulack nickt.

«Einlage im Sarg? Laken, Kissen, Steppdecke, Sterbehemd aus reiner Seide?»

«Kein Sterbehemd», sagt Frau Kulack. «Das habe ich bereits.»

«Ganz wie Sie wünschen.»

Der Bestatter las weiter vor. Vasen mit frischen Blumen vor dem Altar, Katafalk mit Katafalkdecke, Fußtreppe und Läufer, zwanzig Kandelaber, sechs große Altarleuchter, zehn Träger.

«So viele?» fragt Papi staunend.

«Zehn Träger», wiederholt der Bestatter, «sowie ein Zugführer und Streublumen am Grab.»

Dann wollte Frau Kulack unbedingt den Sarg sehen, und wir sind ins Lager gegangen. Ich fand's ganz schön gruselig und mußte gleich an die ollen Vampire denken, die ja immer in so was schlafen, bis es dunkel wird.

Frau Kulack betrachtete sich den Sarg von allen Seiten. Dann fing sie an, mit den Augen zu zwinkern, weil ihr die Tränen kamen. Erst nur ein paar, die wischte sie mit der Hand ab, aber dann schluchzte sie hemmungslos. Der Bestatter war ganz betroffen. «Aber, gnädige Frau, es ist doch nur prophylaktisch.»

«Vorbeugend», erklärte Papi zu mir hin und führte Frau Kulack aus dem Lager ins Büro zurück. Aber Frau Kulack konnte sich nicht beruhigen. Sie hatte nämlich plötzlich wieder an ihre Jungens denken müssen, die alle im Krieg gefallen sind. Kein Mensch kennt ihre Gräber. Der Jüngste, knapp fünfzehn – nach einem Bombenangriff beim Löschen vom Feuersturm erfaßt und verbrannt. So ein hübsches Kerlchen! Und ihr Anton – von den Russen verschleppt.

Der Bestatter ging zu einem Wandschränkchen und holte eine Flasche und Gläser heraus. «Das wird uns jetzt guttun.»

Nachdem er eingegossen hatte, fing er an, weitschweifig von sich zu erzählen. Wie lange sein Geschäft schon im Familienbesitz sei und wie viele Prominente schon von ihm beerdigt wurden. Ein tadelloser Ruf in dieser Branche sei nun mal wichtig. Dazu machte er ein Gesicht, als hätte er Zahnschmerzen. Manchmal fühle er sich wie ein Seelsorger, sagte er. Und sein Verband achte sehr darauf, daß seine Mitglieder Takt und Einfühlungsvermögen bewiesen. Da gebe es genaue Regeln.

«Und was für einen Beruf haben Sie?» fragt er Papi.

«Finanzbeamter», sagt Papi.

Der Typ sah ihn ganz mitfühlend an. «Auch kein leichtes Los.»

Endlich hatte sich Frau Kulack so weit gefaßt, daß wir wieder nach Hause gehen konnten. Der Bestatter schüttelte ihr an der Tür lange und herzlich die Hand. «Sterben ist teurer als Geborenwerden. Leider.»

Frau Kulack wollte gleich eine Anzahlung dalassen, aber er winkte entsetzt ab. «Das hat nun wirklich keine Eile. So jugendlich, wie Sie noch wirken, gnädige Frau.»

«Hin ist hin, und weg ist weg», sagte Frau Kulack. «Dann muß ich eben das Geld neu verdienen.»

Sie hat also wieder angefangen, auf dem Markt zu arbeiten. Bis sie siebzig war, hatte sie ihren eigenen Stand mit mehr als tausend Stammkunden, von denen kennt sie noch viele. Und Regen und Kälte machen ihr nichts aus. Rheuma hat sie sowieso. Schon in der kalten Heimat, in Ostpreußen, hatte sie Gemüse und Obst verkauft. Und auch ihren Mann auf dem Markt kennengelernt. «Ein Hering war das damals, sage ich euch, wie euer Vater. Ich war auch mal schlank.» Sie sieht an sich hinunter. «Und jetzt kann ich nicht mal meine Füße sehen.»

Einen eigenen Stand wollte sie nicht mehr. Sie vertritt lieber andere Marktfrauen.

In den Ferien helfe ich ihr beim Verkaufen und verdiene mir ein paar Mark. Frau Kulack ist nicht kleinlich. Ich kann schon ganz gut mit den Kunden umgehen. Bei trübem Wetter herrscht meist eine gereizte Stimmung. Dann sind die Kunden mächtig am Meckern oder zanken sich, wer nun an der Reihe ist. Mich nehmen sie natürlich echt nicht für voll, und wenn ich ihnen das Wechselgeld herausgebe, kucken sie mich ganz mißtrauisch an und zählen es umständlich nach, ehe sie es ins Portemonnaie stekken. Frau Kulack flüstert mir dann zu: «Halt mich fest, Charlotte, sonst springe ich glatt über den Tisch.» Ich grinse. Frau Kulack wiegt bestimmt ihre hundertachtzig Pfund.

Papi lobt mich, daß ich etwas Nützliches tue. «Besser, als den ganzen Tag vor der Glotze.»

Doch dann wird Frau Kulack krank. «Das Herz, Charlotte, weißt du.» Sie muß im Bett bleiben und wird jeden Tag ein bißchen schlapper. Der Arzt will sie ins Krankenhaus einweisen. Da hat sie alles, was sie braucht, und eine vernünftige Betreuung. Frau Kulack wird unter ihrer schweren Steppdecke noch ein bißchen blasser. «Krankenhaus? Da kann man sich ja gleich in den Sarg legen!»

«Nu man sachte», sagt Papi zu dem Doktor. «Wir werden schon eine Lösung finden, sie in ihrem Haus zu pflegen.»

«Klar», sagt Mutti. «Ich werde mich um sie kümmern, abwechselnd mit den Nachbarn. Außerdem haben wir ja auch eine Gemeindeschwester.»

Opa Naumann bietet sich an, nachts bei Frau Kulack auf dem Sofa zu schlafen. Ihm macht das nichts aus. Und wenn was sein sollte, ruft er uns an.

Tagsüber müssen alle ran. Als ich gerade mit einigen aus der Klasse zum Schlittschuhlaufen will, schickt Mutti mich rüber. Es ist ihr piepegal, daß ich was vorhabe. Sie hört gar nicht zu. «In zwei Stunden bin ich vom Zahnarzt zurück.»

«Aber ich will zum Schlittschuhlaufen», sage ich recht laut.

«Und vergiß nicht, unsere Haustür abzuschließen.» Mutti ist schon halb im Gehen. Ich bin nicht nur sauer, mir ist es auch ein bißchen unheimlich bei

Frau Kulack. Hänschen Naumann hat gesagt: «Wirst sehen, die legt bald den Löffel weg.»

Doch Frau Kulack schläft ganz friedlich in ihrem Bett, und ich stelle mir im Wohnzimmer den Fernseher an, wo es «Tom und Jerry» gibt. Als die Maus sich gerade mit weißem Puder bestäubt hat und dem Kater als Gespenst erscheint, ruft mich Frau Kulack. «Charlotte, komm mal!» Ich finde, sie sieht richtig munter aus, wie sie da in ihrem Bett sitzt. Vielleicht werden wir bald wieder Kartoffeln und Gemüse verkaufen. Auch ihre Stimme klingt wie früher, als sie sagt: «Mach uns 'ne schöne Tasse Kaffee, Charlotte.»

Während ich in der Küche das Wasser aufstelle, kommt Frau Fröhlich, um nach ihr zu sehen, dann Opa Naumann und auch Frau Reimer vom Kiosk. Wir sitzen gemütlich um Frau Kulacks Bett, essen Kekse und trinken Kaffee. Opa Naumann erzählt gerade wieder einmal eine Geschichte aus seinem Fundbüro, in dem er früher gearbeitet hat, und wir lachen darüber, als sich Frau Kulack plötzlich im Bett aufrichtet und sagt: «Was für 'ne schöne Hochzeit!» Dann fällt sie zurück und ist tot.

Ich kann's gar nicht glauben, aber Opa Naumann sagt, ich soll Papi anrufen. Er wird inzwischen dem Doktor Bescheid sagen.

Am Tag der Beerdigung ist grausliches Wetter. Schneematsch und Glatteis. Auf dem Weg zur Kirche fällt Ferdinand zweimal hin, und Mutti putzt mit einem Papiertaschentuch an ihm herum. Ein starker Wind läßt die Regenschirme überklappen. Wir sind froh, als wir mit heilen Knochen endlich ankommen. Doch wir müssen warten. Die Beerdigung davor hat sich verzögert, weil der Pastor in einen Unfall verwickelt wurde.

Der Vorraum zur Kirche ist proppevoll von Leuten, die wir sonst nur aus der Zeitung kennen. Wir drücken uns mit den Nachbarn in einer Ecke zusammen. «Der Duft der großen weiten Welt», murmelt Papi, als eine Dame mit einem irren Pelz und funkelnden Ohrringen an ihm vorbeistreift. Still frieren wir vor uns hin. Ferdinand sagt alle fünf Minuten: «Weißt du was, ich muß mal», bis Mutti schließlich mit ihm nach draußen geht.

Dann ist es endlich so weit, daß die Trauerfeier für die Prominenz stattfinden kann. Sie verschwinden in der Kirche. Der Bestatter spricht ein paar Worte mit Papi und schließt die Türen. Jetzt hören wir nur noch die Stimme des Pastors und Gesang.

Nach einer Dreiviertelstunde sind wir schließlich an der Reihe. Wir gehen in die Kirche und füllen knapp die ersten Bänke. Lichterglanz blendet uns. Der Sarg ist mit Blumen zugedeckt. Blumenschmuck, Kerzen – alles von Besten. Mutti macht ein fragendes Gesicht.

«Hast du das alles bestellt?» flüstert sie Papi zu.

Er schüttelt den Kopf und grinst ein bißchen.

«Durch die Verspätung geht das auf die Kosten des teuren Verblichenen, der vor Frau Kulack an der Reihe war.»

Ein Cello fängt an zu spielen. Es wird von der Orgel begleitet. Ich finde, es klingt, als ob sie sich über Frau Kulack unterhalten. Die Orgel fragt, das Cello antwortet. Was für eine nette Nachbarin sie gewesen ist, daß sie Papi geholfen hat und uns zu sich rüberholte, wenn die Eltern mal wegwollten.

Draußen tobt der Schneesturm. Aber in der Kirche ist es warm und gemütlich. Wie in ihrer Küche. Es duftet nach Blumen und teurem Parfüm.

«Nun hat sie doch ihre Beerdigung erster Klasse», sagt Papi leise zu Mutti.

7. Der prominente Nachbar

Frau Kulacks Haus ist verkauft worden. Es gehörte schon zu ihren Lebzeiten einer Versicherung. Die hat ihr dafür eine kleine Rente gezahlt. Der neue Besitzer soll jemand vom Fernsehen sein, verrät uns Frau Fröhlich aufgeregt.

Ein paar Monate stand das Haus leer. Die Amsel in dem Nest über der Eingangstür konnte ungestört ihre Jungen ausbrüten, ohne daß Lampenlicht sie blendete.

Nach der Beerdigung waren Mutti und ich noch mal drüben, um nach dem Rechten zu sehen und die Kuckucksuhr abzuholen, die Frau Kulack Papi vermacht hat. Papi war fest entschlossen, sie im Wohnzimmer aufzuhängen. Mutti geriet ganz außer sich. «Noch eine Uhr? Davon stehen und hängen sowieso schon viel zu viele rum. Die Tickerei ist ja nicht mehr zum Aushalten. Und jetzt noch diese schäbige Kukkucksuhr!»

Aber Papi wollte nichts davon hören. Mit dieser Uhr sind für ihn viele Erinnerungen verknüpft. Sie hing schon damals in seiner Laube. Frau Kulack hat ihm oft erzählt, daß sie 1947 dafür einen halben Zentner Altpapier sammeln mußte, um die Uhr überhaupt kaufen zu können. «Und ihr wißt ja, Altpapier war damals äußerst knapp.»

«Ja, ja», sagt Mutti. «Aber bitte, bitte, nicht ins Wohnzimmer.» Schließlich einigten sie sich auf die Küche.

Während wir in Frau Kulacks Flur standen, dachte ich einen Augenblick, Frau Kulack würde gleich aus der Küche kommen und sagen: «Na, denn man rein in die jute Stube, Charlottchen. Et jiebt frischen Pflaumenkuchen.»

Ihr Lieblingskaktus blühte prächtig. Der Wasserhahn in der Küche tropfte wie immer, und der Eisschrank brummte. Nur die Kuckucksuhr stand still, und die Gewichte hingen fast auf dem Boden. Trotzdem hatte ich ein ganz merkwürdiges Gefühl, als ich im Wohnzimmer stand. Die Möbel wirkten auf einmal so unpersönlich, wie Ausstellungsstücke in diesen Möbelabteilungen, in denen Mutti so gerne herumwandert und wo man sich wahnsinnig verlaufen kann. Wahrscheinlich hatten sie mit Frau Kulack ihre Seele verloren. Denn auch Gegenstände haben so was. Da, sagt Frau Fröhlich, ist sie sich ganz sicher. Der gemütliche Ohrensessel mit der Wolldecke über dem abgeschabten Bezug sah mich richtig abweisend an, und ich traute mich nicht, wie sonst, mich hineinplumpsen zu lassen.

Mutti schien es ähnlich zu gehen. Sie drängte zur Eile. «Steh nicht rum, Charlotte, und döse. Räum lieber schon mal den Eisschrank aus, ich will ihn abstellen.»

«Und was wird aus den Möbeln?» fragte ich und sah mich um.

«Sie werden in ein Auktionshaus gebracht.» Mutti zog eine Schublade auf und holte Fotoalben und Briefe heraus. «Aber das hier nehme ich mit. Das soll nicht in fremde Hände kommen.»

Wir leerten den Eisschrank, stellten den Hahn der Waschmaschine ab und sahen nach, ob die Fenster richtig verschlossen waren. Mit der Kuckucksuhr und dem Kaktus verließen wir das Haus.

Ein paar Tage später holte man die Möbel ab. Anna-Sofie und ich sahen zu, wie sie aufgeladen wurden. Einer der Träger trat brummig gegen Frau Kulacks Kommode. «Jetzt bestellt man uns schon für diesen Sperrmüll. Wer soll denn diesen Trödel noch kaufen?»

«Ist das deine Sorge? Auftrag ist Auftrag. Nun faß mal mit an.» Ächzend plagten sie sich ab.

Dann erfuhren wir endlich, wer der Mann vom Fernsehen war: Friedrich Breil! Den kannte natürlich jeder in der Siedlung. Er macht die Quizsendung «Hau den Lukas» und ist wirklich einsame Spitze. Wir sitzen vorm Fernseher, raten mit und schütteln den Kopf, wie dämlich sich manche Kandidaten anstellen. Diese Fragen, wirklich kinderleicht! Und die kommen nicht auf die einfachsten Sachen!

Aber Breil bleibt immer geduldig und freundlich mit ihnen. Wäre ja auch noch schöner! Wenn Breil anfängt, Witzchen zu machen, worüber wir furchtbar lachen müssen, verläßt Papi das Zimmer mit einem verzweifelten: «Nein! Das ertrage ich nicht!»

Zum Abschluß der Sendung wird Breil dann ganz feierlich und ermahnt uns, die wir im Überfluß und Konsumrausch leben, die Armen dieser Welt nicht zu vergessen. Vor allem nicht die Kinder. Er ist nämlich schon überall hingereist, wo es Elend gibt. Praktisch um die ganze Welt. Man kann seinem Gesicht ansehen, wie er mit diesen hungernden Kindern leidet.

Frau Fröhlich läuft gleich am nächsten Tag zur Post und spendet auf eines der eingeblendeten Konten. Mutti nimmt sich das auch jedesmal nach der Sendung vor. Aber irgend etwas kommt ihr dann immer dazwischen. Der Geschirrspüler geht kaputt und muß dringend repariert werden. Oder die hohe Telefonrechnung erschreckt sie tierisch.

Ja, den Kindern gehört Friedrich Breils ganzes Herz. Und ein so bedeutender Mann kauft Frau Kulacks Haus!

«Versteh ich nicht», wundert sich Papi. «Was will er denn mit dieser Puppenstube?»

Herr Breil wird sich darin ein Studio einrichten, sagt Frau Reimer, um ungestört vom Lärm der Welt und doch stadtnahe arbeiten zu können. Bei uns ist es ja so herrlich ruhig, das hat er gleich festgestellt. Ein kleines, unentdecktes Paradies.

«Geschmack hat der Mann», stellt Papi zufrieden fest.

«Merkwürdig finde ich es trotzdem», sinnt Mutti. «Wir sind doch nun wirklich kein Prominentenviertel. Und sein Bungalow liegt fast am anderen Ende der Stadt.»

Das Breil-Haus kennen wir sehr genau aus den Illustrierten. Es ist fabelhaft eingerichtet, mit kostbaren Bildern, antiken Möbeln, Swimmingpool und deutscher Dogge. Fast so wie in den Freitagskrimis, wo ja die schlimmsten Verbrechen in so einer Umgebung passieren. Mutti seufzt dann jedesmal: «Sieh dir das an, Karl Albrecht! Vier Dienstmädchen allein zum Servieren bei Tisch!»

«Du siehst ja», sagt dann Papi belehrend, «was bei so viel Luxus herauskommt: dumme Gedanken. Ich wette, der Hausherr treibt's mit Minderjährigen.»

Papi findet es gar nicht merkwürdig, daß Friedrich Breil hier draußen unter uns wohnen will. «Wahrscheinlich möchte er ab und zu mal seine Familie los sein. Zu beneiden, dieser Herr.»

Mutti ist beleidigt. «Ich möchte nur wissen, was du ohne uns tätest. Jedesmal gibt es Terror, wenn ich nur für ein paar Tage wegfahren möchte.»

Frau Kulacks Häuschen stellen sie völlig auf den Kopf. Der Efeu wird heruntergerissen, so daß es nackt und bloß im Wind steht. Die Mauern werden schneeweiß angestrichen. Nun sieht es zwischen den anderen Siedlungshäuschen wie eine von Muttis Jacketkronen aus. Als man das Wohnzimmerfenster herausbricht, um es zu verbreitern, kann ich es richtig wimmern hören.

Dann zieht mit viel Getöse und wenig Möbeln, aber um so mehr Bücherkisten der prominente Typ ein. Endlich können wir ihn ganz aus der Nähe betrachten. Er sieht ein bißchen wie ein Hochlandrind aus, das sie neulich im Fernsehen gezeigt haben: mächtiger Kopf und mächtige Wampe. In seiner Sendung wirkt er irgendwie schlanker. Wir sind enttäuscht.

Frau Fröhlich nimmt ihn in Schutz. «Ist doch ein sehr stattlicher Mann.»

Dafür ist Frau Breil um so dünner. Sie hat etwa Muttis Alter und trägt Bermundashorts. Ihr Mann nennt sie «mein Liebes». «Nun hast du doch meine Schreibmaschine vergessen, mein Liebes. Zu ärgerlich.»

Zwei Breil-Kinder stehen neben dem Porsche, mit dem die Familie vorgefahren ist, und mopsen sich. Sie würdigen uns keines Blickes. «Die trinken wahrscheinlich noch aus der Kloschüssel», bemerkt Hänschen abfällig.

Dann steigen «mein Liebes» und ihre Brut wieder ins Auto und brausen davon. Danach hat das Haus noch eine Woche Zeit, sich mit einem neuen Parkettboden, mit Lederstühlen auf Spinnenfüßen, einem riesigen Schreibtisch und hohen Bücherregalen anzufreunden, ehe Breil von ihm Besitz ergreift.

Am nächsten Tag ganz früh sehen wir vom Küchenfenster aus, wie er Frau Peschkes Laden ansteuert.

«Da fällt mir ein», sagt Mutti, «ich habe keinen Kaffee mehr.»

«Und den kaufst du bei Frau Peschke?» fragt Papi verwundert. «Du sagst doch immer, sie ist dir zu teuer.»

«Ich hole nur schnell mein Portemonnaie.» Mutti eilt schon ins Wohnzimmer. Dann macht sie sich auf den Weg. Wir hinterher.

Frau Peschkes winziger Laden dämmert so dahin. Fast jeder in der Siedlung kauft im Supermarkt, weil dort die Preise niedriger sind. Frau Peschke ist deshalb auch ganz verwirrt, als sich plötzlich so viele Leute in den Laden drängen. Es dauert eine Ewigkeit, bis sie mit Breils Wünschen zu Rande gekommen ist, und wir haben Zeit, ihn verstohlen zu beobachten. Er grüßt höflich nach allen Seiten. Wir finden ihn wahnsinnig sympathisch. Nur Hänschen Naumann läßt sich nicht von ihm beeindrucken.

Als der Quizmaster am nächsten Tag schnaufend an ihm und Papi vorbeijoggt, bemerkt er: «Schon reichlich abgefackelt, der Opa.»

Wir gewöhnen uns ziemlich schnell daran, mit einem Prominenten Tür an Tür zu wohnen. Nur seine

Alarmanlage sorgt für eine gewisse Spannung. Die meldet sich zu den unmöglichsten Zeiten, und die Techniker können nicht herausfinden, woran es liegt.

«So ein Ding hat eben sein Eigenleben», sagt Papi.

Gelegentlich gelüstet es den neuen Nachbarn nach einem kleinen Schwatz mit den Eltern. Dann kommt er unter irgendeinem Vorwand ins Haus. Mutti ist ganz weg von ihm. «Mein Gott, wo ist dieser Mann nicht schon überall gewesen! Und was für Sportarten hat er getrieben. Segeln, Surfen, Drachenfliegen. Jetzt ist er auf Golf umgestiegen.»

«Man kommt in die Jahre», seufzt er. «Und muß kürzertreten.»

An uns interessiert ihn hauptsächlich, daß wir adelig sind. Ein Vorfahre von ihm sollte auch geadelt werden. Aber er hat es abgelehnt.

«Meiner nicht», sagt Papi.

Breil preist das Leben in der Siedlung. Die netten Nachbarn. Er macht eine kleine Verbeugung zu Mutti. Diese Ruhe. Und dieses entzückende Häuschen. Er senkt ein wenig die Stimme. «Ich hab's mit Schwarzgeld gekauft.»

«Wie schön für Sie», sagt Papi.

«Und was machen Sie so?» fragt Breil. «Ich meine, was ist Ihr Beruf?»

«Ich bin bei einer Behörde.»

«Darf man fragen, bei welcher?»

«Ich bin beim Finanzamt. Steuerfahndung», fügt Papi noch völlig überflüssig hinzu.

Friedrich Breil erhebt sich abrupt. «Mein Gott, ich verplaudere hier die Zeit mit Ihnen und müßte längst im Sender sein.»

«Jetzt hast du ihn verschreckt», beklagt sich Mutti. «Steuerfahndung! Ist ja das Neueste, was ich höre.»

Papi grinst. «Es ist mir so rausgerutscht. Ich weiß auch nicht, warum.»

«Ja, ja», sagt Mutti, «mach dich nur ordentlich unbeliebt.»

Papi behauptet gern, daß ein Finanzbeamter fast so etwas wie ein moderner Scharfrichter sei. Als Scharfrichter mußte man nämlich früher unerkannt unter den anderen leben, damit sie einem nicht das Haus anzündeten.

Hänschen Naumann hat etwas Fabelhaftes zum Geburtstag gekriegt: ein aufblasbares Schwimmbekken. Es füllt fast den halben Garten. Sobald wir aus der Schule kommen, laufen wir zu ihm rüber und planschen wie verrückt darin herum. Manchmal üben wir auch, wer am längsten tauchen kann, und Hänschen bläst uns einen Tusch auf seiner Trompete. Die Trompete hat Opa ihm geschenkt. Hänschen muß jeden Tag üben. Sein Lehrer findet ihn kolossal begabt. Papi teilt seine Ansicht nicht unbedingt. Er sagt, Hänschens Blasen erinnere ihn sehr an die Beerdigung eines entfernten Onkels, der Mitglied eines Reitervereins war. Als dort der Trompeter übers Grab geblasen hätte «Im Becher nun kein Tropfen mehr», wären die Pferde vor Schreck durchgegangen.

Breil ist ganz entsetzt über den plötzlichen Lärm. «In der ersten Zeit herrschte hier doch so eine himmlische Ruhe.»

«Da hatten wir ja auch Dauerregen», klärt ihn Papi auf.

Breil regt sich abartig über uns auf. Vergeblich versucht er, in Papi einen Verbündeten zu finden. Papi zuckt die Achseln. «Wenn die Kinder die Mittagsruhe einhalten, kann man ihnen das Spielen nicht verbieten.»

«Verdammtes Kroppzeug!» murrt der Freund der Armen und der Kinder.

Zu allem Überfluß ist Frau Fröhlichs Kater Mummel im totalen Liebesrausch. Ausgerechnet unter Breils Fenster bringt er den Katzendamen ein Ständchen, wobei sich diese verdammte Alarmanlage wieder in Bewegung setzt. Breil wirft einen mit Wasser gefüllten Plastikbeutel nach dem Kater, der auf Mummels Kopf zerplatzt. Mummel stößt einen furchtbaren Schrei aus und saust, ohne einmal anzuhalten, durch sein Loch in der Hintertüre von Frau Fröhlichs Haus, direkt in ihr Schlafzimmer und verkriecht sich unter ihrem Bett.

Frau Fröhlich kann sich sein Verhalten überhaupt nicht erklären, bis es ihr Hänschen steckt. Er hat gesehen, was dem Kater passiert ist.

«Und so ein Mensch ist nun beim Fernsehen!» Frau Fröhlich ist ganz fassungslos.

Nicht lange danach werden wir eines Nachts von einem Riesenklamauk geweckt. Es sind unsere eigenen Stimmen, die wir hören. Auch Ferdinand ist deutlich zu erkennen. «Eine kleine Mickymaus zog sich ihre Hose aus, zog sie wieder an, du bist dran!» Ich krieche unter die Bettdecke. Es gibt also doch Geister! Ich wollte es nie glauben.

Papi kommt in mein Zimmer gerannt. Er sieht mich ganz verdutzt an. «Da bist du ja.» Dann saust er zu Ferdinand. Der schläft, den Daumen im Mund, fest und tief.

Papi öffnet das Fenster. Die Gärten liegen im Mondlicht. Kein Kind ist zu sehen. Die Stimmen schweigen. Wir kehren in unsere Betten zurück. Nach einer Weile beginnt der Spektakel aufs neue.

«Ein Tonband! Daß ich nicht gleich drauf gekommen bin.» Papi schlägt sich an die Stirn. Jemand muß unsere Stimmen auf Tonband aufgenommen haben und rächt sich jetzt für unseren Krach. «Das kann nur Herr Breil sein», sagt Papi.

Zwei Tage später geht es wieder los. So was hat ja die Siedlung noch nicht erlebt. Es gibt nur noch einen Gesprächsstoff: Friedrich Breil.

Papi versucht mit ihm zu reden, aber er macht nicht auf. Da holt Hänschen zum Gegenschlag aus. Er übt jetzt mit wahrer Inbrunst am offenen Fenster.

Breil holt die Polizei. Als Hänschen Naumann den Streifenwagen langsam die Siedlung entlangfahren sieht, spielt er das einzige Lied, das er fehlerfrei beherrscht: «Behüt dich Gott, es wär' so schön gewesen. Behüt dich Gott, es hat nicht sollen sein.» Die Polizisten sind ganz beeindruckt. «Ein begabter Junge!» Sie schlagen ihm vor, später zum Musikkorps der Polizei zu gehen.

Als Herr Breil sich bei ihnen beklagt, zucken sie bedauernd die Achseln. «Da können wir gar nichts machen, solange der Junge die Ruhezeiten einhält. Sie sind übrigens der einzige, der sich beschwert. Sie werden sich schon irgendwie einigen. Lauter nette Leute, die hier wohnen.» Sie nicken ihm freundlich zu, steigen in ihren Streifenwagen und fahren davon.

Herr Breil hat sein Gesicht verloren, wie Papi sich ausdrückt. Ohne Gesicht kann der Mensch nicht unter uns leben. Ohne viel Aufsehen gibt Breil sein Studio auf und läßt sich nicht mehr blicken. Eines Tages ist das Haus wieder vermietet.

Der neue Mieter ist ein unauffälliger junger Mann, der außer einem Flügel nichts zu besitzen scheint. Ihn stören weder Trompetengeschmetter noch Katzengeschrei.

Daß er viel berühmter als Friedrich Breil ist, erfährt die Siedlung erst einige Zeit später, als er als Konzertpianist einen Preis bekommt und ein großer Bericht über ihn in der Zeitung steht. Daß er viel Sinn für den strömenden musikalischen Duktus hat, steht da drin, und für den freien Fluß und das machtvoll Drängende in der Musik.

«Außerdem», sagt Frau Fröhlich, «ist er sogar Professor.»

8. Das Fotomodell

Hänschen Naumann ist nicht in der Siedlung aufgewachsen. Er war viele Jahre in Heimen, bis ihn sein Opa da rausgeholt hat. «Heim ist Asche», sagt Hänschen. «Da kommen sogar die Mäuse mit Tränen aus dem Eisschrank.» Die Finger seiner Hand reichen nicht aus, um alle die Heime aufzuzählen, in denen er gewesen ist. Dreimal ist er ausgekniffen, aber es hat nichts genützt. Er mußte immer wieder zurück.

«Und dann standen meist diese Vollbarttypen auf der Matte, mit der sanften Stimme, die immer nur mit dem Kopf nicken. ‹Verstehe, mein Junge.›»

Einer hat ihn stundenlang mit einer Eisenbahn spielen lassen. Dabei ist der Zug zweimal hintereinander entgleist. «‹Schweres Zugunglück›, hat der Typ gesagt und sich andauernd Notizen gemacht. ‹Was meinst du, Hänschen, ist mit den Reisenden passiert?› – ‹Na, was schon›, hab ich gesagt. ‹Mus natürlich. Totalschaden.› – ‹Und das macht dir Freude?› Der Typ hat wieder was auf seinen Zettel gekritzelt. ‹Ich verstehe.›»

Papi lacht. «Diese Psychologen!»

«Und das alles bloß», erzählt Hänschen weiter, «weil meiner Mutter ihr Macker mich nicht verknusen konnte. Nu is er weg vom Fenster. Im Suff untern Bus gekommen. Der konnte nur noch auf die Beerdigung warten.»

Von Hänschens Vater wollte seine Mutter schon lange nichts mehr wissen. «Den hat sie in die Bohnen gestellt», erklärt Hänschen. «War auch 'ne trübe Tasse, mein Alter. 'n Temperament wie 'ne Schlaftablette. Zwischendurch war sie auch mal mit so einem Dschungelboy verheiratet. Der ist aber wieder abgehauen, mit meiner Stiefschwester. Die war siebzehn oder so.»

Mutti ist voller Mitleid. «Familienverhältnisse sind das! Der arme Junge!» Ein Leben wie im Roman, sagt Mutti, und wir sollen dankbar sein, daß wir es so gut haben.

Hänschen erzählt gern von dieser Zeit im Heim. Lange brauchen wir ihn nicht darum zu bitten, wenn er mal wieder bei uns in der Küche sitzt. Wie die großen Jungen am Heiligabend die Kartoffelklöße an die Wand geschmissen haben. Pitsch, pitsch, pitsch! Die Schwester Maria von den heiligen drei Teufeln, oder wie die da hießen, konnte es nicht fassen. «Ausgerechnet heute macht ihr so was. Am Geburtstag unseres Herrn.» Und einer ist mal mit 'm Messer auf die Erzieherin losgegangen. Fast hätte er ihr die Kehle durchgeschnitten.

«Junge!» sagt Mutti.

«Und was war der Grund?» fragt Papi, der Hänschens Geschichten auch sehr spannend findet.

«Randale.» Hänschen bläht sich vor Wichtigkeit wie Mummel, wenn er hinter einer Braut her ist. «Action muß sein! Sonst kriegt man den großen Frust.»

Mutti erinnert sich, daß sie als Kind auch mal in einem Heim war. An der Nordsee. Das war eigentlich ganz nett. «Wir haben Burgen gebaut, sind mit Pferdewagen ins Watt gefahren und haben Blindekuh gespielt.»

«Blindekuh!» wiederholt Hänschen verächtlich.

Für Opa Naumann war es gar nicht leicht, nach seiner Pensionierung den Enkelsohn aus dem Heim herauszukriegen, denn er lebte schon seit Jahren von seiner Frau getrennt, weil sie den totalen Föhn hat. Und so ein geschiedener, alleinstehender Mann, da weiß man nicht, wie das Umfeld ist, hat die Sozialarbeiterin gesagt. Opa Naumann kriegt noch heute die Wut, wenn er uns davon erzählt.

«Dauernd mußte ich zur Behörde rennen und richtig betteln. Sie haben mir vorgequatscht, das Heim wäre jetzt Hänschens Zuhause und der Junge wäre zu labil, um außerhalb dieser Gemeinschaft zu leben. Dann haben sie mir seine Akte gezeigt. Dick wie 'n Telefonbuch. Aber wißt ihr, was ich glaube? Ich glaube, die haben nur Angst, sie könnten ihr Heim nicht mehr voll genug kriegen und müßten dann alle diese studierten Klugscheißer entlassen.»

Hänschen konnte es zuerst gar nicht fassen, daß er bei seinem Opa bleiben durfte. Er ist dauernd hinter ihm her gedackelt, nachts durchs Haus gegeistert und zu ihm ins Bett gekrochen. «Schickst du mich auch bestimmt nicht mehr weg? Ehrenwort?»

Schließlich ist Opa Naumann der Geduldsfaden gerissen. Er hat ihn vertrimmt und dabei gebrüllt: «Damit du dir's endlich merkst, du bleibst hier! Kapiert?»

«Da», sagt Hänschen, «war für mich die Sache geritzt. Der macht keine schönen Worte. Der meint's ehrlich.»

Inzwischen ist er lange kein zappliges Hänschen mehr, sondern ein stämmiger Hans, der später mal zur Verkehrspolizei gehen will. Da wird er dann so einem rasenden BMW-Fahrer ganz lässig mit der Kelle winken, an sein Auto treten, ihn scharf ankukken und anpfeifen: «Wo lassen Sie denn denken? Ihren Führerschein, bitte!»

Seinem Opa ist er eine große Hilfe. Jedes Wochenende ziehen sie beide auf die Flohmärkte oder besuchen an schulfreien Tagen Versteigerungen des Fundbüros und kommen mit Beute beladen zurück. Opa Naumann ist sehr zufrieden mit seinem Enkel. «Hat den richtigen Blick, der Junge. Findet unter dem vielen Trödel todsicher das Beste raus.»

Die ganze Siedlung deckt sich bei Herrn Naumann mit preiswerten Geschenken ein. Für jeden Geschmack findet sich was, und Herr Naumann bessert damit seine Rente auf. Er hat in seinem Schuppen alles gelagert und registriert. Ich helfe ihm am liebsten beim Sortieren der Wundertüten, die man für ein paar Mark auf solchen Auktionen ersteigern kann, ohne zu wissen, was da eigentlich drin ist. Herr Naumann öffnet jede Tüte so vorsichtig, als sei sie mit Dynamit gefüllt.

«Warum macht er das so umständlich?» flüstere ich Hänschen zu.

«Der war doch selber mal beim Fundbüro», erklärt Hänschen. «Da mußte er immer nachsehen, was in den Klamotten drin war. In den Taschen und Koffern und so. Und weißt du, was ihm fast mal ins Gesicht gesprungen ist?» Ich schüttele den Kopf. «Die Maden in einem Stück verfaulten Fleisch! Der Schreck sitzt ihm noch heute in den Knochen.»

Manches in Opas Lager stammt auch noch aus jener Zeit: die Schildkröte Karl der Große, die auf der Versteigerung niemand haben wollte; das puppengroße Kunstharzskelett, mit dem wir gerne die Leute auf den Parkbänken und in der U-Bahn erschrecken; und die Trompete, auf der Hänschen ganz toll blasen kann.

«Ah, unser Trompeter von Säckingen», sagt Papi jedesmal, wenn Hänschen aufkreuzt. Mutti macht das ganz nervös. «Kannst du dir nicht mal was anderes einfallen lassen?»

Hänschen findet Papi in Ordnung und Mutti

astrein. Nur von mir behauptet er, so was wie mich rauchte man früher in der Pfeife. Anna-Sofie mit ihren Tierfaxen geht ihm auf den Geist, Andrea bewundert er, und Ferdinand kann er einfach nicht leiden.

«Er ist eifersüchtig», erklärt uns Mutti, «weil Ferdinand auch Opa zu Herrn Naumann sagt.»

«Das ist nicht dein Opa!» sagt Hänschen dann jedesmal ganz blaß vor Wut. «Zisch ab! Mach die Fliege!»

Aber Ferdinand ist hart im Nehmen, seitdem er in den Kindergarten geht. «Die anderen Kinder haben wenigstens *einen* Opa. Warum hab ich keinen?» beschwert er sich in der Küche.

«Sie sind im Krieg gefallen«, sagt Mutti zerstreut. Sie haßt es, wenn man beim Kochen dauernd auf sie einredet.

Ferdinand begreift mal wieder nicht. «Na und? Ich fall doch auch hin. Da steht man eben wieder auf!»

«Die sind im Himmel, Kind», erklärt Mutti ziemlich ungeduldig. Hat sie nun Salz an die Kartoffeln getan oder nicht?

So hat sich Ferdinand eben Herrn Naumann zum Opa auserkoren. Er kriegt es sogar fertig, daß der ihn hin und wieder vom Kindergarten abholt. Dann sieht er stolz die anderen Kinder an und hängt sich bei ihm ein. «Da bist du ja, Opa.»

Herr Naumann spielt gutmütig mit. Bloß Hänschen kann das überhaupt nicht komisch finden.

«Soll er sich doch seinen Opa sonstwoher nehmen!» Deshalb darf Ferdinand auch nicht mit dem Skelett spielen, soviel er bittet und bettelt. «Laß mich doch auch mal, Hänschen. Ich mach's bestimmt nicht kaputt.» Aber Hänschen bleibt knallhart. Nur Andrea schafft es, ihn zu erweichen. Sie stützt sich schwer auf seine Schulter und flüstert ihm was ins Ohr. Hänschen wird ein bißchen rot. «Meinetwegen. Aber nicht lange.»

Ferdinand zieht dem Skelett den Trachtenanzug von seinem Teddy an und führt es in seinem Tretauto spazieren. Die Spaziergänger schütteln die Köpfe. «Das ist ja direkt makaber! Aber daran hat nur das Fernsehen schuld.»

Im vorigen Jahr hatte Hänschen sich total in Andrea verknallt. Andrea nützte das natürlich aus. Wann immer sie ihn brauchen konnte, pfiff sie nach ihm wie nach einem Hund, und schon kam er eilfertig angetrabt. Bis eine Amsel den Pfiff nachmachte und Hänschen alle Augenblicke angewetzt kam. Mutti wurde ganz nervös, wenn es schon wieder an der Haustür klingelte. «Was willst du denn, Junge? Ich hab dir doch schon gesagt, Andrea ist nicht da.»

Einmal hatte er auf den Flohmarkt ein Fläschchen Parfüm gekauft und sich damit die Haare begossen. Papi riß im Wohnzimmer die Fenster auf. «Der Duft, der schöne Frauen provoziert!»

Andrea war ziemlich gemein mit ihm und schickte

ihn jedesmal wieder weg, wenn ihre Freundinnen aufkreuzten. «Du bist abscheulich», sagte Mutti. «Wenn du dich langweilst, holst du ihn dir, und wenn du was Besseres vorhast, muß er wieder gehen. Irgendwann wird er sich's nicht mehr gefallen lassen.»

«Keine Bange», sagte Andrea, «der bleibt mir schon erhalten.»

Dann passierte was wahnsinnig Aufregendes. Andrea wurde auf der Straße von einem angeblichen Modefotografen angesprochen. «Auf der Straße, Charlotte! Da kannst du mal sehen, wie die Jungens hinter mir her sind. Aber davon verstehst du noch nichts.»

Er hat gesagt, Andreas Figur könnte sich wirklich sehen lassen, und ob er ein paar Aufnahmen von ihr in seinem Atelier machen dürfte. Die Jugend von heute wäre ja Gott sei Dank ganz locker in solchen Sachen. Dann gab er ihr seine Adresse.

Andrea hat es lieber doch Mutti erzählt. Die wurde nicht mehr. Das war ja nicht mal eine Agentur! Womöglich war es ein verkappter Mädchenhändler oder ein Zuhälter, der Nachschub brauchte. So was las man fast jeden Tag in der Zeitung.

Andrea maulte ein wenig herum. Aber die Sache war ihr selber unheimlich. Immerhin hatte der Fotograf sie auf eine Idee gebracht. Andrea wollte von sich aus zu einer Agentur gehen und sich dort als Modell eintragen lassen. Einige aus ihrer Klasse taten das schon. Man verdiente bon und konnte sich vernünftige Klamotten kaufen.

«Dich nehmen sie bestimmt», sagte Hänschen bewundernd. «Klar doch, allemal!»

Andrea verschwand singend im Badezimmer.

«Wer ist denn dieses fremde Kind?» fragte Papi, als sie bemalt wie für ein Stadtteilfest, mit riesigen Ohrringen, das blonde Haar hochgetürmt, aus dem Badezimmer auftauchte. «Ihr habt es mir noch nicht vorgestellt.»

Andrea sah ihn wütend an, und Mutti seufzte: «Ich weiß auch nicht, was das soll, sich so verrückt zurechtzumachen.»

Meine große Schwester erlaubte gnädig, daß Hänschen und ich sie begleiteten.

In der Agentur hatte man nicht gerade auf uns gewartet. «Aber Sie haben doch eine Anzeige aufgegeben!» sagte Andrea.

«Stimmt», sagte das Mädchen hinter der Schreibmaschine. «Allerdings suchen wir gutaussehende Frauen zwischen achtzehn und dreißig mit mittellangem Haar und frechem Blick.» Sie musterte Andrea kühl. «Letztes könnte stimmen. Rolf, komm doch mal.»

Ein junger Mann erschien gähnend. Er trug eine bis zu den Knien reichende ärmellose Jacke, die wie Muttis Karofutter aus ihrem Trenchcoat aussah. Kritisch sah er Andrea an. «Was bist du denn für 'n heißes Gerät? Wir brauchen süße Omis und Opis.

Das Alter hast du doch wohl noch nicht. Oder?» Er wandte sich dem Mädchen an der Schreibmaschine zu. «Wir können sie ja in die Kartei aufnehmen und ihr ein neues Outfit verpassen. Vielleicht für 'n Abführmittel ganz brauchbar. Sieht 'n bißchen aus wie 'ne plattgewalzte Barbiepuppe.»

Sein Blick fiel auf mich. «Und du? Hast du vielleicht auch vor, ein Topmodell zu werden?» Ich schüttelte den Kopf.

Dann sah er Hänschen an, der sich gerade die vielen Werbeplakate an den Wänden betrachtete. «Nicht schlecht, nicht schlecht, könnte 'nen guten Jeanstyp abgeben. Ein lonesome Cowboy aus der Großstadt. Na, denn rein mit euch!»

Er scheuchte die beiden ins Atelier. Hänschen war zu verblüfft, um zu widersprechen. Anschließend nahm die Sekretärin ihre Personalien auf, dann Haarfarbe und Körpergröße und so weiter. «Heute schon die dritte Adelige», sagte sie zu Andrea. «Ihr habt hier wohl ein Familientreffen oder so.»

Der Fotograf besah sich die Karteikarte. «Ich wohne nicht weit von euch. Da kann ich euch gleich mitnehmen. Ist sowieso Feierabend.»

Als der Fotograf uns in der Siedlung absetzte und Herrn Naumann im Garten sah, bekam sein Gesicht einen grüblerischen Ausdruck. «Sag mal, Junge, kennst du diesen alten Mann?»

«Na klar», sagte Hänschen. «Das ist mein süßer Opi.»

«Wundervoll! Ich muß unbedingt mit ihm reden.»

Er ging, mit Hänschen im Schlepptau, zu Herrn Naumann, der ihn mißtrauisch ansah. «Ich kaufe nichts», sagte er.

«Aber nicht doch», sagte der Fotograf. «Ich bin von einer Werbeagentur.» Ob er erlauben würde, daß man von dem Haus, dem Garten und seiner Familie ein paar Aufnahmen mache. «Wo ist denn Ihre Gattin?»

«Ich hab keine», sagte Opa Naumann mürrisch.

«Wir können ja Frau Fröhlich nehmen», schlug Hänschen vor.

Am nächsten Tag kam Rolf mit zwei Assistentinnen herangerauscht. Der Garten, ganz in künstliches Licht getaucht, erschreckte das Eichhörnchen aufs höchste. Es floh keckernd auf den Ahornbaum. Opa Naumann sah total geniert aus. Man hatte ihn in ein kurzärmeliges, knallbuntes Hemd gesteckt und ihm einen winzigen Strohhut auf den Kopf gesetzt. Im Mund mußte er eine Pfeife halten. Dabei haßt er Pfeifenrauch. Dann forderte Rolf ihn auf, mit einer winzigen Gießkanne die Blumen zu gießen. Zum Schluß gab's ein Gruppenbild: Frau Fröhlich, Herr Naumann, Hänschen und Ferdinand mit seinem Tretauto, das Skelett im Arm.

«Zeig doch mal deine niedliche Puppe», sagte eine der Assistentinnen. Aber Ferdinand drückte nur stumm das mit Teddys Trachtenkostüm vermummte Skelett an sich.

Vier Wochen später konnten wir sie alle als Anzeige in einer Illustrierten bewundern. *Dank einer rechtzeitig abgeschlossenen Lebensversicherung eine glückliche Familie* stand darunter.

Papi betrachtete das Bild lange. «Ein geschiedener Rentner, eine Witwe, ein Heimkind, ein geborgter Enkel und ein Skelett. So richtig aus dem Leben gegriffen!»

«Jetzt gibt's 'ne Menge Mäuse», sagte Hänschen und kaufte Andrea einen fabelhaften Ledergürtel mit einer Messingsonnenblume als Schnalle. Aber Andrea war sauer, weil niemand sie als Fotomodell haben wollte, und warf den Gürtel achtlos auf einen Stuhl.

«Kannst du nicht mal danke sagen?» tadelte Mutti.

«Bei dir ist ja 'n Rad ab», sagte Hänschen gekränkt zu Andrea und verließ das Haus.

Die Pfingstferien begannen, und Andrea fuhr zu Omi. Eine Woche später holten Papi und ich sie von der Bahn ab. Als wir zurückkamen, stand Hänschen ganz poppig und braungebrannt, umringt von Andreas Freundinnen, am Gartenzaun. Andrea wurde unruhig.

«Was machen die denn hier?»

«Wahrscheinlich hat Hänschen ihnen von Ibiza erzählt», sagte Papi.

«Ibizia?» fragte Andrea fassungslos.

«Da haben sie Aufnahmen für einen Katalog gemacht», sagte ich wichtig. «Opa Naumann war auch mit.»

«Hänschen», rief Andrea, «komm doch mal her!» Aber Hänschen machte nur ganz lässig «Hei», und sprach weiter, ohne meine Schwester noch eines Blickes zu würdigen.

«Ach, hätt' ich doch genommen den König Drosselbart!» Papi wuchtete Andreas Koffer aus dem Gepäckraum.

In unserem Flur stolperten wir fast über das Skelett. «Wie kommt denn das hierher?» Andrea hob es auf.

«Hat mir Hänschen geschenkt», sagte Ferdinand.

«Das glaubst du doch wohl selber nicht», sagte Andrea.

«Stimmt aber.»

Die Haustür öffnete sich, und Hänschen kam hereingestiefelt. Andrea warf Papi einen triumphierenden Blick zu. «Siehste!»

Aber Hänschen hatte nicht die Absicht, Andrea anzuhimmeln. Er mußte uns was erzählen. Seine Mutter hatte angerufen, sie wollte ihn unbedingt sehen. Sie hat ihm auch alles erklärt, warum er damals in ein Heim mußte und so. Und wie schwer es ihr gefallen ist, sich von ihm zu trennen. Daß sie irre stolz auf ihn ist, weil er schon Geld verdient. Ein richtiger Mann!

«Und was sagt dein Großvater dazu?» fragte Papi.

«Der darf davon nichts wissen.»

«Du willst doch nicht etwa zu ihr ziehen?» rief Mutti.

Hänschen wiegte den Kopf. «Mal sehen.» Er ging pfeifend davon.

«Die futtert sich ihn ran», meinte Papi. «Raffiniert! Die verdammte Person will ihn doch nur melken!»

«Der arme Junge!» Mutti war ganz empört. «Ich werde mal mit Herrn Naumann sprechen.»

«Das laß lieber bleiben», warnte Papi. «Es würde außerdem überhaupt nichts nützen.»

«Aber dem Jungen müssen die Augen geöffnet werden!»

Papi sah Mutti an. «Alles, was man ihm sagt, weiß er selbst. Aber er will es nicht hören. Auch eine kurze Illusion ist immer noch besser als gar keine.»

Durch die offene Haustür konnten wir sehen, wie Hänschen gerade mit einer schwungvollen Flanke über unseren Gartenzaun setzte.

9. Stell auf den Tisch die duftenden Reseden . . .

Mutti leidet durch die Gegend. Sie fühlt sich von uns als Familienkuli mißbraucht. Womit hat sie ein Kind wie mich verdient, das seine Sachen rumschmeißt, nie eine Rolle Klopapier hinhängt und nicht mal Bescheid sagt, wenn die alte aufgebraucht ist; das jedes komplizierte Videogerät sofort bedienen kann, aber nicht in der Lage ist, den Einschaltknopf der Waschmaschine zu drücken?

«Andrea ist auch nicht besser», sage ich wütend. Aber das überhört Mutti und fährt fort in ihrem Klagegesang: «Womit habe ich einen Mann verdient, der nie mal was mit mir unternimmt, vor dem Fernseher einschläft, einem den schönsten Film durch lautes Schnarchen verdirbt und sich nur dafür interessiert, ob noch genug Bier da ist, wenn er vom Finanzamt kommt? Letztendlich», verkündet sie düster, «ist doch meine gesellschaftliche Funktion gleich Null.»

«Wie wahr! Wie wahr!» Papi öffnet den Eisschrank. «Reicht das noch übers Wochenende?»

«Was denn?» unterbricht sich Mutti irritiert.

«Na, das Bier natürlich.»

Andrea ergreift die Partei ihrer Mutter. «Du bist wirklich ätzend, Papi. Läßt Mutti echt versauern, anstatt mal mit ihr wegzufahren. Im Theater seid ihr auch schon eine Ewigkeit nicht mehr gewesen.»

Dafür wird *sie* jetzt etwas mit Mutti unternehmen. Sie wollen ins Kino. Und ich darf mal wieder die Küche aufräumen. Fragt sich wirklich, wer eigentlich der Familienkuli ist.

«Gib doch bloß nicht an!» sagt Andrea. «Mutti hat ihre Orientierung verloren. Da braucht sie mich eben.»

Mutti hat zu Omi gesagt, Andrea wäre für sie jetzt wie eine jüngere Schwester. Und daß sie keine Geheimnisse mehr voreinander haben und sich alles erzählen. Mutti kommt dann immer wieder auf ihre Kinderzeit zurück, als sie noch mit Omi nach der Flucht in dem bayerischen Kaff gewohnt hat, wo es diesen merkwürdigen Lehrer in der Dorfschule gab. Wie hieß er doch gleich? Preuss? Richtig. Ausgerechnet Preuss! Ein Urbayer! Wenn das nicht ulkig war! Der hätte ihnen haargenau die Funktion einer Panzerfaust erklärt. «Volle Deckung!» hätte er geschrien, den Zeigestock auf sie angelegt, und die ganze Klasse wäre unter die Bänke gekrochen. Als Hausaufgabe mußten sie ein Pfund Reis auszählen. Und vor Allerseelen Sätze mit Präpositionen bilden:

Mutter am Grabe, Mutter im Grab, Mutter neben dem Grab, Mutter auf dem Grab.

Andrea gähnt und besieht sich ihre Fingernägel. «Ist ja irre, Mutti.»

Deshalb ist Mutti als große Schwester diesmal auch ganz auf Andreas Seite, als die Papi furchtbar mit einem Jungen namens Löwy erschreckt, der sich unaufgefordert mit an den Abendbrottisch pflanzt.

«Schweig stille, mein Herz», murmelt Papi und verzieht sich in sein Arbeitszimmer.

Löwy sieht wirklich ziemlich merkwürdig aus mit dieser Tolle zwischen den borstig geschnittenen Haaren. Doch Andrea himmelt ihn an. Sie hat ihn gerade ihrer besten Freundin ausgespannt und ist ganz weg von ihm. Mutti erlaubt sogar, daß sie in eine Disco gehen, was sie sonst gar nicht gern sieht. Sie seufzt nur über den Tisch hin: «Amüsiert euch, Kinder.»

Während Andrea in ihr Zimmer geht, um sich zurechtzumachen, versucht Mutti so etwas wie eine Unterhaltung mit Löwy in Gang zu bringen und ihn ein wenig auszuhorchen. Ob er in dieselbe Schule wie Andrea geht. Was denn sein Vater für einen Beruf hat. Und wo sie wohnen. Löwy sieht Mutti so mißbilligend an, als wenn sie ihn etwas Unanständiges gefragt hätte. Er zupft sich nervös im Gesicht herum und sagt mit einer tiefen, dröhnenden Stimme zu Ferdinand: «Na, Sportsfreund!»

Mutti ist ganz erleichtert, als Andrea wieder zum Vorschein kommt. Sie hat sich mächtig aufgestylt.

Ihre Wangen glühen vor Rouge, und die Wimpern machen direkt ein klapperndes Geräusch. Doch auch das nimmt Mutti unverständlicherweise hin, drückt ihr sogar etwas Geld in die Hand.

«Nobél, nobél, deine Verwandte», sagt Löwy, erleichtert, daß er nicht den großen Zampano spielen muß. «Echt Klasse!»

Kaum ist Andrea um zehn zurück, hockt Mutti schon wieder in ihrem Zimmer. Während sich Andrea ihre Lieblingsmusik, einen Rock and Roll, reinzieht, versucht Mutti sie auszuquetschen, wie ich durch die offene Tür hören kann. Aber außer «super», «toll» und «Spitze» ist aus Andrea nichts rauszukriegen. Und so geht denn Mutti dazu über, von irgendeinem Franz, ihrer ersten großen Liebe, zu sprechen.

Dieser Franz war Reitlehrer in der Kleinstadt, wo Mutti auf die Oberschule gegangen ist. Aber Omi war ja viel strenger als sie. Nicht mal alleine ins Kino durfte sie mit ihm. Jedesmal mußte die Tochter des Apothekers mit, als Anstandswauwau sozusagen. Sie war ein Jahr jünger als Mutti und eine richtige Transuse. Ganz außer sich wäre sie darüber gewesen. Aber Franz Horstmann hätte sehr viel Verständnis gezeigt und in seiner großen Güte diese Adelheid sogar in Schutz genommen. Was konnte die schließlich dafür, daß Omi eine so ängstliche Mutter war.

Als wir uns am nächsten Abend die Nachrichten

im Fernsehen ansehen, klingelt das Telefon. «Typisch», brummt Papi. «Immer während der Tagesschau!»

Andrea springt auf. «Das ist bestimmt für mich.»

Aber es ist für Mutti.

«Da ist jemand, der dich sprechen will», sagt Andrea.

«Wer denn?»

Sie zuckt die Achseln.

«Daß ihr euch nie den Namen nennen laßt!» Mutti steht auf. Ganz aufgeregt kommt sie wieder zurück. «Karl Albrecht, du wirst es nicht für möglich halten, wer angerufen hat!»

«Der Bundeskanzler wird's ja nicht gleich gewesen sein.» Papi stellt den Fernseher lauter, um die Nachrichtensprecherin besser zu verstehen.

«Franz Horstmann!»

«Ist das dein Zahnarzt?» fragt Papi.

«Sei nicht albern, Karl Albrecht», sagt Mutti unwillig. «Gestern habe ich noch mit Andrea über ihn gesprochen. Wenn das keine Gedankenübertragung ist!»

«Das ist eben das Übersinnliche an dir», sagt Papi, «was ich so liebe.»

«Ich hab dir doch bestimmt schon von Franz Horstmann erzählt.»

«Mehr als einmal.»

«Eben hieltst du ihn noch für den Zahnarzt», sagt Mutti. «Allerdings hab ich nicht so oft von ihm geredet wie du von deiner bezaubernden Annabell, die du in der Bibliothek ihres Vaters verführen wolltest.»

«Ja. Ein reizendes Mädchen! Sanft wie eine Taube!» Papi kuckt verträumt die Nachrichtensprecherin an, die uns gerade mitteilt, wieviel Opfer es bei einem Flugzeugunglück gegeben hat.

«Ich spreche über ihn, und schon ruft er an.» Mutti ist immer noch ganz überwältigt.

«Annabell», murmelt Papi, «was aus der wohl geworden ist?»

«Er will uns morgen nachmittag besuchen kommen», sagt Mutti.

«Stell auf den Tisch die duftenden Reseden, die letzten roten Astern trag herbei. Und laß uns wieder von der Liebe reden, wie einst im Mai!» zitiert Papi.

Mutti wird richtig rot. «Immer mußt du gleich ironisch werden!»

Papi stellt den Wetterbericht ab. «Ich, für meine Person, werde wohl morgen etwas später nach Hause kommen.»

Mutti bringt das Wohnzimmer auf Hochglanz und läßt das Wasser aus der Badewanne.

«Da wird Papi aber meckern», warne ich.

Mutti sieht mich an wie ein lästiges Insekt. «Ich werde ihn gerade um Erlaubnis fragen.»

Fast eine Stunde blockiert sie das Badezimmer. Duftend kommt sie wieder heraus.

«Du hast dich ja mächtig angefetzt», sage ich.

Der Herzallerliebste ist pünktlich. Ich mach ihm die Tür auf. Vor mir steht ein Harald-Juhnke-Typ, ziemlich groß und schlank mit einer karierten Mütze auf dem Kopf, und lächelt mich gleich ganz schmusig an. Mutti kommt in den Flur geweht. Er faßt ihre beiden Hände. «Laß dich anschauen, Mädchen! Du hast dich ja überhaupt nicht verändert.»

«Du auch nicht», sagt Mutti. Nachdem sie sich das mindestens ein Dutzendmal versichert haben, gehen sie endlich ins Wohnzimmer.

Während ich den Kellner spielen muß und Kaffee und Kuchen heranschleppe, erzählt Horstimann bereits aus seinem Leben. Er hat ja lange in Amerika gelebt. «Ein faszinierendes Land voller Gegensätze!» Jetzt ist er bei einer großen Versicherung tätig.

«Wie Onkel Kurt», sage ich.

«Ja, ja», sagt Mutti. «Es fehlt noch Sahne, Charlotte. – Und deine Familie?» fragt sie.

«Ich bin unverheiratet geblieben.» Er sieht Mutti wieder so schmusig an. «Du weißt ja, ich bin sehr wählerisch. Träume gehen eben selten in Erfüllung.»

Mutti wird ganz zappelig. Aber ehe sie nachhaken kann, trampelt Ferdinand ins Zimmer, total beklekkert, mit einem Schnuller im Mund, den er sonst nur noch nachts benutzt. Er pflanzt sich vor Horstimann auf und murmelt, durch den Schnuller behindert: «Wer bist denn du?»

Das Gespräch versandet, denn es braucht viel Zeit

und Mühe, um diesen lästigen Jungen aus dem Zimmer zu scheuchen. Mutti atmet auf, als er endlich raus ist, und gibt mir zu verstehen, daß auch ich abhauen soll. Aber Mutti hat heute keine Chance, denn jetzt latscht ihre «kleine Schwester» herein. Horstimann springt auf, um sie zu begrüßen. Sie grabscht nach einem Stück Kuchen und läßt sich in einen Sessel fallen.

Mutti verliert langsam die Geduld. «Ich finde, ihr könnt uns jetzt mal allein lassen», zischt sie uns an. «Ihr habt doch auch sicher noch Schularbeiten zu machen.»

Horstimann ist da ganz anderer Ansicht. «Deine reizenden Kinder stören mich überhaupt nicht.» Er legt seine Hand auf Andreas Schulter. «Merkwürdig, du erinnerst mich so sehr an jemand.»

«Na, ja, ein bißchen ähnlich sieht sie mir schon», sagt Mutti.

«Das finde ich eigentlich nicht.« Horstimann grübelt vor sich hin. «Ja, richtig, jetzt fällt's mir wieder ein. Du hattest doch damals diese Apothekerstochter zur Freundin. Adelheid hieß sie, glaube ich. Ein süßes Mädchen. Auf dem Pferd machtest du die bessere Figur, das muß man dir lassen. Du wurdest mit den schwierigsten Pferden fertig.»

«Adelheid fiel dauernd runter», sagte Mutti. «Und drückte sich vor dem Stalldienst.»

«Dafür warst du um so fleißiger. Jeden Sonntag erschienst du pünktlich zum Pferdeputzen im Stall.»

Horstimann rührt versonnen in seiner Kaffeetasse. «Gott, was war die Kleine schüchtern.»

«Schüchtern?» wiederholt Mutti mit hoher Stimme. «Maulfaul war sie.»

«Und was ist aus ihr geworden?»

Mutti bleibt keine Zeit, über die reizende Adelheid Auskunft zu geben. Papi ist vom Dienst nach Hause gekommen. Früher, als er angekündigt hat.

«Ich hab dich noch gar nicht erwartet», sagt Mutti.

«Ich konnte mich heute mal früher loseisen. Hat man Ihnen denn wenigstens was Vernünftiges zum Trinken angeboten? Außer dem labberigen Kaffee?» sagt Papi nach der Begrüßung zu Herrn Horstmann. Er tut, als wären wir ohne ihn nicht imstande, einen Gast zu bewirten. «Also, ich hol uns mal was aus dem Keller.»

Nachdem die Männer sich zugeprostet haben, fragen sie sich gegenseitig ihre Berufe ab und geben ihre politischen Ansichten zum besten. Mutti sitzt stumm daneben. Zwischendurch flachst Horstimann ein wenig mit Andrea. Dann fragt er, ob er sich nicht mal das ganze Haus ansehen kann. «Wirklich apart, Herr von Trebnitz! So was Originelles läßt sich heute vergleichsweise kaum noch finden.»

«Ja, gern.» Papi strahlt. «Dann machen wir mal eine kleine Schloßbesichtigung.»

Horstmann findet alles wundervoll. Nur daß in dem Haus so viel Holz verarbeitet worden ist, scheint ihm etwas bedenklich. «Sind Sie denn auch hoch genug versichert?»

«Ich denke schon», sagt Papi, ein wenig unsicher geworden. «Aber ich kann ja mal die Police holen.»

Als Horstimann sie durchgelesen hat, wiegt er bedenklich den Kopf. «Die Versicherungssumme deckt bei weitem nicht den möglichen Schaden.»

«Und was raten Sie mir?» fragt Papi.

«Wir haben da einen sehr günstigen Tarif. Der ist eigentlich nur für die Angestellten. Ich muß mal sehen, wie ich das hindrehe. Aus alter Freundschaft zu Ihrer Frau sozusagen.»

Dann verabschiedet sich unser Gast.

«Ein reizender Mensch», sagt Papi. «Und so hilfsbereit. Meine Frau hat eben einen guten Geschmack!»

«Wirklich?» Mutti wirft ihm einen kalten Blick zu. «Na, dann will ich mal Abendbrot machen.»

Am nächsten Tag ruft Horstimann wieder an. Papi nimmt das Gespräch ab, weil Mutti bei Frau Fröhlich ist.

«Dein Verehrer hat angerufen», sagt er, als sie wieder zurück ist. «Er läßt dich sehr grüßen und bedankt sich noch einmal für den netten Nachmittag. Er hat zwei Karten für ein Konzert besorgt.»

«Wie aufmerksam von ihm.» Mutti ist ganz glücklich. «Du gehst ja nie mit mir irgendwohin.»

«Es ist ein Rock-Konzert oder so ähnlich.»

Mutti wirkt ein bißchen enttäuscht. «Aus dem Alter bin ich eigentlich raus.»

«Bist du», sagt Papi. «Deshalb hat er auch Andrea eingeladen.»

Andrea verschluckt sich fast an ihrem Kaugummi und sieht ihre Mutter an. «Rock ist Asche!»

Sie flüstern zusammen und lachen. Und dann schicken sie mich mit Horstimann ins Konzert. Papi ist das gar nicht recht.

«Den günstigen Rabatt für die Versicherung können wir jetzt bestimmt vergessen.»

10. Liebe kommt, Liebe geht

Lehret ewig Liebe, denn Liebe ist es, aus was wir gemacht sind, ist mit Leuchtfarbe da, wo die Rinde abgeblättert ist, auf eine alte Eiche gepinselt. Auf dem Weg zur Schule komme ich jeden Tag dran vorbei.

«Wir sind aus Liebe gemacht, Papi», sage ich. «Wußtest du das?»

«Löwy bestimmt nicht», sagt Papi. «Der besteht nur aus Flegelhaftigkeit. Allein wie der sich schon im Wohnzimmer herumfläzt. Steht nicht mal auf, um einem guten Tag zu sagen.»

Mutti fängt an, es bedenklich zu finden, daß ihre «kleine Schwester» sich dauernd mit ihm herumtreibt. «Hat keinen guten Einfluß, dieser Junge.»

Voller Schrecken hört sie aus der Siedlung, wo man die beiden schon überall gesehen hat. Mit einem schweren Motorrad ist Löwy, Andrea auf dem Sozius, an Herrn Naumann vorbeigebraust. Dabei hat er überhaupt noch keinen Führerschein.

«Ach», sagt Andrea, «war doch nur 'ne kleine Spritztour.»

Frau Fröhlich hat sie getroffen, als sie gerade im Begriff waren, in so eine Spielhalle zu gehen. Und von Frau Reimer am Kiosk wollten sie unbedingt eine Flasche Whisky kaufen. Aber Frau Reimer hat sie ihnen nicht gegeben.

Andrea hört gar nicht zu, wenn die Eltern darüber mit ihr reden. «Da rein und da raus», sagt Papi und deutet auf seine Ohren.

Ihre Liebe nervt die ganze Familie. Vergeblich streicht sie ihren Löwy heraus, wie Mutti ihren beliebten Tomatenauflauf, den niemand mag. Löwy kann Karate, einen Computer bedienen und soll eine fabelhafte Note in Sport haben.

«Wirklich erstaunlich», sagt Papi. «Ich dachte, seine Hauptstärke läge in seiner Stimme.»

Löwy ist sehr schmächtig und sein Kopf ziemlich klein geraten. Aber wenn er den Mund auftut, fällt man fast vom Stuhl.

Andrea ist zu nichts mehr zu gebrauchen. Sie liegt stundenlang in ihrem Zimmer auf dem Bett, den Walkman über dem Kopf, und schreit einen an, wenn man sie was fragt.

«Du und dein dämlicher Löwy», sage ich wütend. «Wie kann man sich bloß in so einen Idioten verknallen?»

Sie stößt mit dem Fuß nach mir. «Dick und dumm, das ist alles, was du bist. Du hast ja keine Ahnung.»

«Wer's sagt, ist's selber», sage ich. «Aber Löwy! Den kannst du dir doch an 'n Hut stecken.»

Nur Omi ist gerührt über ihre älteste Enkelin und kramt gleich wieder in ihrer Erinnerungskiste. «Als ich so alt war wie Andrea, verliebte ich mich unsterblich in den Vetter eures Großonkels Viktor. Der heiratete später ein gewisses Fräulein Reitling. Oder war es Riesling? Er brachte mir immer Katzenzungen mit, und –»

«Ja, ja», unterbricht Mutti sie etwas gereizt. «Was machen wir bloß mit dem Kind? Wenn das so weitergeht, wird sie wohl sitzenbleiben.»

Am Sonntag morgen gibt es einen Wahnsinnskrach. Andrea erscheint im Bademantel am Frühstückstisch; die Haare hängen ihr wild ins Gesicht, was Papi haßt.

«Ich hoffe, du hast dir wenigstens die Zähne geputzt», sagt er ärgerlich. Andrea nickt nur stumm und greift nach einem frisch aufgebackenen Brötchen. «Kannst du das Kind nicht mal zu einem anständigen Friseur schicken? Der Struwwelpeter ist ja dagegen eine gepflegte Erscheinung.»

Anna-Sofie und ich sehen uns an. Power liegt in der Luft. Ferdinand kommt schrill pfeifend herein. Er ist irre stolz, daß er endlich diese Kunst beherrscht.

«Sei gefälligst leise», sagt Andrea. «Löwy meditiert gerade.»

Papi verschluckt sich an seinem Bohnenkaffee. «Er tut was?»

«Er meditiert.» Andrea gibt sich cool, aber man kann ihr ansehen, daß ihr ziemlich mulmig wird.

«Der junge Mann meditiert also. Und darf man fragen, wo?»

«In meinem Zimmer.»

«Sag bloß, er hat bei dir übernachtet!» Mutti ist ganz durcheinander.

«Auf meiner Luftmatratze. Was ist schon dabei?»

«Ist hier vielleicht ein Puff?» donnert Papi los.

Mutti mahnt: «Karl Albrecht!»

Ferdinand hält sich die Ohren zu, und ich grabsche schnell das letzte Brötchen, ehe Anna-Sofie es mir wegschnappen kann.

Andrea bricht in Tränen aus. Sie schluchzt und heult. Kein Vertrauen hat man zu ihr! Warum hat sie nur so spießige Eltern? Ausgerechnet sie! Am besten, sie haut mit Löwy ab. Nach Australien oder so.

Draußen klappt eine Haustür. Wie sich herausstellt, hat Löwy sich verdrückt.

Andrea soll unbedingt in ein Internat, beschließt der Familienrat.

«Da kommt nur eins in Frage», sagt Omi. «Schloß Rebenhausen.» Wo auch ihr Großonkel Richard gewesen ist. «Dort gibt es noch gute Pädagogen, und die Kinder werden nach vernünftigen Grundsätzen erzogen. Mehr sein als scheinen, war jedenfalls damals die Devise. Und das mit dem Schloß, klingt feudaler, als es ist. Die Zimmer waren spartanisch einfach eingerichtet.»

Billig ist es nicht gerade. Papi hält sich am Stuhl fest,

als er den monatlichen Preis hört. «Wollt ihr mich ruinieren?» Aber für sein Äffchen wird er sich gern krummlegen.

Andrea heult Rotz und Wasser. Sie will nicht in so ein Scheißinternat. Sie will sich nicht von Löwy trennen. Auf kei-nen Fall!

Mutti bricht ihr Kummer fast das Herz. «Wir fahren morgen in die Stadt und kaufen dir was Hübsches», versucht sie Andrea zu trösten.

«Aber nur in die Boutique Annette und nicht in so 'n olles Kaufhaus», fordert meine Schwester und wischt sich die verschmierte Wimperntusche ab.

«Meinetwegen», sagt Mutti. «Dann machen wir mal einen großen Einkaufsbummel. Ferdinand braucht einen neuen Anorak, Anna-Sofie einen Schlafanzug und Charlotte dringend ein Paar Schuhe.»

Zuerst gehen wir in die Boutique. Dort wimmelt es von Mädchen in Andreas Alter, die unbekümmert alles, was ihnen gefällt, anprobieren und es ebenso unbekümmert auf die Erde schmeißen. Die beiden Verkäuferinnen haben alle Hände voll mit Aufräumen zu tun.

Andrea ist scharf auf einen orangefarbenen Rock. Als Mutti das Preisschildchen liest, kriegt sie fast 'ne Krise. «So viel Geld für den Fetzen? Da hängen ja schon die Fäden raus.»

Die Verkäuferin ist ganz Zucker. «Sieht sie nicht

entzückend aus?» sagt sie. «Man muß so was natürlich tragen können.»

«Und bezahlen!» sagt Mutti. «Andrea, das ist mir wirklich zu teuer.»

Aber weil Andreas Tränen schon wieder zu fließen beginnen – «Nicht die kleinste Freude gönnt ihr mir!» – gibt sie schließlich nach. «Dann müßt ihr anderen eben noch warten. Nicht wahr, Ferdinand?»

Mein Bruder, der sonst wie ein Wasserfall redet, nickt diesmal nur stumm. Er hat merkwürdig geschwollene Backen. Auf der Straße wird er plötzlich von einem fürchterlichen Hustenanfall gepackt. Mindestens hundert gelbe Bonbons fallen ihm aus dem Mund wie Dukaten aus dem Goldesel. Er muß den Teller mit den Süßigkeiten in der Boutique völlig abgeräumt haben.

Papi beschließt: «Wir kucken uns das Internat erst mal an.»

Es liegt nur zwei Autostunden von uns entfernt, so daß Andrea an den Wochenenden nach Hause kommen könnte. Den neuen Rock darf sie nicht anziehen. Sie wird mit Schottenrock, frisch geschnittenem Haar und Polohemd auf brav getrimmt. Voller Ekel streckt sie sich vor dem Spiegel selbst die Zunge raus. «Mann, wie sehe ich bloß aus! Direkt ätzend!»

Bevor es losgeht, nimmt sie von ihrem Löwy Abschied, als ginge es in den Knast. «Nu steh nicht da wie 'ne schwangere Lerche!» tröstet sie Löwy, der sich von uns beobachtet weiß, etwas verlegen. «Noch is' ja nicht Ende der Fahnenstange.»

Omi und ich fahren mit. Unterwegs erzählt uns Omi unentwegt, wie es zu ihrer Zeit im Internat war. Schlafsäle, Morgenandachten auf nüchternen Magen, Briefzensur und kratzige Schulkleider. «Das Zimmer der Vorsteherin durften wir nur rückwärts gehend verlassen.»

«Mach doch dem Kind keine Angst, Mami», sagt Mutti.

Das Schloß liegt in einem riesigen Park auf einem kleinen Hügel. Die sanft abfallende Rasenfläche ist tiptop gepflegt.

«Wie schön», sagt Omi verträumt. «Fast wie früher zu Hause. Einmal möchte ich noch in einem Kutschwagen sitzen und das Knirschen der Räder auf dem Kies hören.»

Wir fahren in den Schloßhof. Das Schloß ist keineswegs spartanisch eingerichtet. Überall stehen kostbare Möbel herum. Papi entdeckt als erstes in der Halle eine Standuhr, die besonders reich geschnitzt ist. Er betrachtet sie entzückt. «Seht mal, hier.»

Während wir zum Büro des Schulleiters traben, kommen uns mehrere Jungen und Mädchen entgegen. Niemand trägt einen Schottenrock. Andrea wirft ihrer Mutter einen triumphierenden Blick zu. Ein Junge mit einem Hockeyschläger unterm Arm sondert sich von den anderen ab und beginnt ein Gespräch mit Andrea, während wir weitergehen. Ich drehe mich um. Sie stehen immer noch zusammen und lachen. Mutti ruft ungeduldig: «Wo bleibst du denn, Andrea!»

«Ich komme ja schon.»

Der Direktor ist ein sonnenbankbrauner, lässiger Typ in Jeans und Rollkragenpullover. Er erklärt uns sein Erziehungsprinzip. «Wir wollen aus unseren Schülern weltoffene Bürger machen», sagt er, und wir bekommen zu hören, was die Schule alles zu bieten hat: Segeln, Tennis, Hockey, Ballett.

«Und wie ist es mit dem Unterricht?» fragt Mutti etwas verstört. «Andrea soll auf jeden Fall das Abitur machen.»

«Unterricht und Schularbeiten haben natürlich Priorität», sagt der Direktor. «Absolut. Wir versuchen, die Kinder zum Lernen zu motivieren.»

Dann zeigt er uns das Internat. In den Schlafräumen sieht es chaotisch aus. In einer kleinen Teeküche türmt sich dreckiges Geschirr. Eine Putzfrau bemüht sich, Ordnung zu schaffen. In manchen Zimmern gibt es Fernseher und Videogerät. In einem liegt ein Mädchen auf dem Bett und schläft.

«Oh, Verzeihung.» Der Direktor schließt wieder die Tür.

«Ist sie krank?» fragt Mutti fürsorglich.

«Nein, nein, sie hat wohl heute nur zwei Stunden Unterricht gehabt.»

«Vielleicht war sie ja auch nicht richtig motiviert», murmelt Papi.

Beim Abschied macht der Schulleiter die Eltern darauf aufmerksam, daß sie Andrea rechtzeitig anmelden müssen. «Wir sind sehr gefragt.»

In der Halle begegnen wir wieder der Gruppe älterer Schüler von vorhin. Der Junge mit dem Hockeyschläger erklärt gerade einem anderen zukünftigen weltoffenen Bürger: «Marbella ist Asche. Wir fliegen in den Ferien nach Grönland.» Als er an Andrea vorbeikommt, sagt er lässig: «Hei.»

«Also, ehrlich gesagt», faßt Papi auf dem Heimweg seinen Eindruck zusammen, «mir ist das Ganze ein bißchen allzu weltoffen. ‹Marbella ist Asche!› Aber die Uhr war wunderschön.»

Während diesmal Mutti am Steuer sitzt, blättert er in dem Schulprospekt. «Sexualverkehr und Drogen sind nicht gestattet», liest er vor. «Wie beruhigend!»

«Mir hat's irre gut gefallen.» Andrea ist zu unserer Verwunderung plötzlich wild begeistert. «Richtig Klasse!»

«Dieses Internat kannst du dir gleich aus dem Kopf schlagen», sagt Papi.

«Wir werden schon noch was Geeignetes finden», beschwichtigt Mutti.

Aber irgendwie haben die Eltern plötzlich die Lust verloren, Andrea wegzugeben. Wer weiß, was die mit ihr machen. Welchen Einflüssen sie ausgesetzt ist. Womöglich kommt sie noch als Drogensüchtige nach Hause!

«Andrea wird Nachhilfe in Mathe und Englisch

bekommen und sich am Riemen reißen, verdammt noch mal!» sagt Papi.

Auf jeden Fall will Mutti mit Löwys Mutter reden. So von Frau zu Frau. Die weiß vielleicht gar nicht, was ihr Junge in der Freizeit treibt. Ist die ganze Zeit damit beschäftigt, ihr Reihenhäuschen auf Hochglanz zu bringen. Andrea hat jedenfalls erzählt, daß sie dauernd am Putzen ist.

Löwys Mutter, Frau Jäger, ist sehr bereit, uns kennenzulernen und auf ein Plauderstündchen vorbeizukommen. Auch sie hat sich schon Gedanken gemacht. Die vielen Uhren im Wohnzimmer betrachtet sie mit Verblüffung.

«Macht Sie das Ticken nicht nervös?» fragt sie Mutti.

«Manchmal schon», gibt Mutti zu.

Dann werde ich aus dem Zimmer geschickt. Ich lasse die Schiebetür zum Eßzimmer einen Spalt auf, setze mich mit meinen Heften an den Eßtisch und tue so, als ob ich Schularbeiten mache. Sie kommen sehr schnell auf Löwy und Andrea zu sprechen.

«Im Prinzip habe ich ja nichts gegen die Freundschaft der beiden», beginnt Mutti das Gefecht. «Nur sollte die Schule nicht darunter leiden.»

«Da haben Sie recht», sagt Frau Jäger. «Für Ihr Töchterchen ist das sicher ein Problem. Löwy ist ja ein glänzender Schüler, aber Ihrer kleinen Andrea fällt das Gymnasium doch wohl schwer. Es werden ja heute auch sehr hohe Anforderungen gestellt. Ich sag schon immer: ‹Löwy, gib deiner kleinen Freundin nicht so nach! Sag auch mal nein, wenn sie unbedingt mit dir ins Kino oder in die Disco will.› Aber er kann keinem etwas abschlagen. Er ist einfach zu gutmütig.»

«Ja, ja, er muß wohl sehr an meiner Tochter hängen», höre ich Mutti sagen. «Jedenfalls ruft er zu jeder Tages- und Nachtzeit bei uns an.»

Allmählich geraten sie sich mit großer Höflichkeit ganz schön in die Haare. Immerhin sind sie sich einig, die vielen Zusammenkünfte in Zukunft doch ein wenig zu unterbinden.

Löwy und Andrea ist's egal, was ihre «Verwandten» da ausgeheckt haben. Sie kleben mehr denn je zusammen und wandern Hand in Hand durch die Gegend.

Doch so ganz allmählich scheint Andrea zu kapieren, daß sie für die Schule was tun muß. Sie bleibt jetzt häufig zu Hause und paukt.

Ein paar Wochen später kommt Mutti ganz aufgeregt vom Einkaufen aus der Stadt zurück. Sie hat Löwy in der U-Bahn mit einem anderen Mädchen schmusen sehen. Papi hört es mit Befriedigung. «Habt ihr was anderes erwartet?»

Mutti bricht es fast das Herz. «Die arme Andrea! Geh bloß nicht gleich hin, Charlotte, und erzähl es deiner Schwester brühwarm.»

«Ich bin doch nicht du», sage ich patzig.

Mutti ist sprachlos, und ich renne schnell aus dem Zimmer.

Ein paar Tage hüte ich das große Geheimnis, aber dann erwische ich Andrea, wie sie sich über meine Pfefferminzplätzchen hermacht.

«Wer hat dir das erlaubt?» Ich versuche ihr die Tüte wegzureißen.

Es gelingt mir nicht. Sie lacht.

«Damit du's weißt, dein Löwy hat auch die Nase voll von dir!» schreie ich sie wütend an. «Er hat eine andere! Mutti hat's gesehen.»

Gleich wird sie aufspringen und alles ganz genau von mir wissen wollen. Ich werde sie trösten. Sie ist schließlich meine Schwester.

Aber Andrea bleibt ultracool. «Von mir aus», sagt sie gleichgültig. Sie zieht ein Bild aus ihrer Tasche, betrachtet es und reicht es mir herüber. «Wie findsten den?»

Ich bin platt. Das ist ja der Junge aus dem Internat. Der mit dem Hockeyschläger.

«Richtig», sagt Andrea. «Er hat mich neulich angerufen. Wohnt ganz in unserer Nähe. Letztes Wochenende haben wir uns getroffen. Daß du mir ja den Mund hältst!»

Am Abend reden Mutti und Papi miteinander über die arme Andrea und wie sie es verkraften wird, daß Löwy so ein Windhund ist. Der soll sich bloß nicht mehr hier blicken lassen!

«Liebe kommt, Liebe geht», seufzt Omi.

11. Der Vogel Greif

Andrea kann nicht verstehen, daß Gudrun jetzt meine beste Freundin ist. «Was findest du bloß an diesem Lese-Freak? Da kann man sich ja gleich mit 'nem Bücherregal unterhalten.»

Papi ist ganz anderer Meinung. «Endlich mal ein Kind, das nicht dauernd quatscht.»

Mutti pflichtet ihm bei. «Du hast recht. Sie ist wirklich angenehm um sich zu haben.»

«Ihre Dornröschenhecke sind eben die Bücher», meint Omi.

Das angenehme Kind darf deshalb auch bei uns übernachten. «Je-der-zeit», versichert Mutti. «Was ist eigentlich mit den Eltern? Ich würde sie gern mal kennenlernen. Wenigstens die Mutter. Vielleicht – »

Das fehlte mir gerade noch!

«Ich glaube, der Wasserkocher ist kaputt», unterbreche ich sie. Wenn Mutti mit ihrer Fragerei anfängt, muß man sie ablenken.

Mutti stellt den Kessel an. «Er funktioniert doch tadellos. Wahrscheinlich war nur der Stecker locker.»

Wie es sich für einen Gast gehört, schläft Gudrun in meinem Bett, und ich liege auf der Luftmatratze daneben. Während Anna-Sofie vor sich hin schnarcht, das Wasser im Aquarium gluckst, der Goldhamster im Käfig auf dem quietschenden Rad seine Joggingrunden dreht und ich mich vor der Englischstunde morgen graule, hat sie ihre Taschenlampe angeknipst und liest schon wieder. «Bist du denn überhaupt nicht müde?» flüstere ich. Sie antwortet nicht. Hat ihre Ohren auf Null gestellt. Ist wie ein Zombie, von fremder Magie beherrscht. Ich drehe mich auf die Seite.

Gudrun kann an keinem Buch vorbeigehen, ohne es wenigstens in die Hand zu nehmen und aufzublättern. In der Not nimmt sie sogar mit dem Telefonbuch vorlieb. Da ist sie richtig süchtig. Wenn wir für Mutti eingekauft haben und die Sachen auf dem Küchentisch auspacken, liest sie sogar das Gedruckte auf dem Einwickelpapier.

Gudrun kenne ich seit einem halben Jahr. Sie hat am Teich gelegen und gelesen. Hänschen Naumann ist voll auf sie drauf getreten, als wir uns Wasserflöhe geholt haben. Das Wasser schwappte über ihre Füße, und Hänschen schimpfte: «Was liegt den hier für 'n Idi rum? Du bist wohl ein Blatt-Tier?» Das hatten wir auch im Fernsehen gesehen. Eine Raupe, die wie ein Blatt aussah.

Gudrun sieht allerdings mehr aus wie ein Grashalm. Ein Grashalm mit Augen. Sie trägt ein schilffarbenes T-Shirt, schilffarbene Hosen, hat bräunliches, kurzgeschnittenes Haar und ein schmutzigbraunes Gesicht mit tiefliegenden Augen. In dem dichten Schilfgras ist sie wirklich kaum zu erkennen. Sie sieht auf ihre nassen Turnschuhe. Ich entschuldige mich.

«Hauptsache, mein Buch hat nichts abgekriegt», sagt sie.

Wir fragen, wie sie heißt.

«Gudrun Reese.»

«Und wo kommst du her?»

Sie deutet auf den Vogel Greif.

«Aus dem ollen Hochhaus? Ist ja abartig», sagt Hänschen.

«Wieso?» fragt Gudrun gleichgültig. «Ist doch piepegal, wo man wohnt.»

Hänschen ist mit seinen Wasserflöhen nach Hause getrabt, und ich bin aus Neugierde zum Hochhaus mitgegangen. Ich wollte unbedingt mal den Vogel Greif von innen sehen. In seinem Bauch hat er dieselbe Farbe wie Frau Fröhlichs «blaue Grotte», nur viel schmutziger und schäbiger. Um die Lichtschalter ist ein schwärzlicher Fettrand. Und von den Fensterbrettern kann man die Farbe mit den Fingern abschnippen. Der Fahrstuhl ist von oben bis unten bekritzelt mit so Sprüchen wie *Ein Geisterfahrer ist wahnsinnig entgegenkommend.* Wir sind dann in den zwanzigsten Stock raufgefahren. In dem langen

Flur waren zwei Deckenlampen ausgefallen; man ging wie durch einen Tunnel. Kein Mensch zu sehen oder zu hören. Ein richtiges Geisterhaus.

«Hier stehen 'ne Menge Wohnungen leer», erklärte mir Gudrun, während sie ihre Wohnungstür aufschloß. «Dauernd ziehen Leute ein und wieder aus.»

Durch einen kleinen Flur kam man in ein großes Zimmer, in das die untergehende Sonne schien. Als ich aus dem Fenster kuckte, fühlte ich mich wie im Kopf des Vogels Greif. Jeden Augenblick würde er abheben und sich auf die Sonne stürzen, die sich bereits erschreckt hinter den Horizont verkroch.

Das Wohnzimmer war wahnsinnig ordentlich, nichts lag herum. Und klasse eingerichtet, mit weißen Ledersesseln und Sofa. Die gelben Gardinen reichten bis zur Erde, und am Fenster stand eine große Bodenvase mit künstlichen Blumen. Über einer Kommode hing ein Wandschränkchen; durch die verglaste Tür konnte man lauter buntbemalte Fingerhüte aus Porzellan sehen.

Ich ließ mich auf das Sofa fallen, schob den Glastisch mit den verchromten Beinen etwas ab und machte es mir gemütlich. Vergeblich sah ich mich nach einem Fernseher um. «Den habt ihr wohl im Schlafzimmer?»

Gudrun schüttelte den Kopf. «Fernseher haben wir nicht. Der ist irgendwann mal kaputtgegangen, und Mutti hat bis jetzt keinen neuen gekauft.»

Ich war tief enttäuscht. Nach der Wohnungseinrichtung hatte ich ein Superding erwartet. Mit Video und allen Schikanen.

Dann gingen wir in Gudruns Zimmer, das mit Bücherregalen vollgestellt war. Ich nahm ein Buch in die Hand. «Die hast du alle gelesen?» fragte ich beeindruckt.

«Hundertmal», sagte Gudrun wegwerfend. «Das ist doch nichts Besonderes.»

Auf einem kleinen Schreibtisch lag ein Päckchen Bücher aus einer öffentlichen Bücherei. «Die will ich heut' noch umtauschen. Kommst du mit?»

«Wo schlafen denn deine Eltern?«

Sie öffnete die Tür. Dieses Zimmer bestand eigentlich nur aus einem riesigen Bett mit einer geblümten Decke und einer Wand aus lauter Spiegelschränken.

«Meine Mutter ist verreist», sagte Gudrun.

«Und dein Vater? Wo ist der?»

«Den hab ich schon seit einer Ewigkeit nicht mehr gesehen. Mit unseren Herren haben wir kein Glück.»

«Du bist hier ganz allein?» Ich war platt. Wenn meine Eltern wegfahren, muß Omi ran. Damit wir unsere Ordnung haben!

«Warum denn nicht? Ich bin doch kein Baby mehr.»

«Und du machst dir alles selber? Frühstück, Mittag und so?»

Sie zeigte mir eine toll eingerichtete Küche und

deutete auf den Elektroherd. «Es gibt doch Fertiggerichte. Die brauche ich nur in den Ofen zu schieben und die Uhr einzustellen.»

«Und ins Bett gehst du, wann du willst?»

Sie nickte.

«Hast du denn niemanden, der bei dir übernachtet?»

«Hin und wieder schon. Aber die Mädchen aus meiner Klasse gehen mir auf den Geist mit ihrer Fragerei. Und abends ruft ja Mutti sowieso an. Also, was ist? Wollen wir los?» Sie sah auf die Uhr. «Die Bibliothek schließt um sechs.»

In der Bibliothek nahm uns eine komische Person mit Krisselhaaren und Gemmenbrosche am schlabberigen Pullover die Bücher ab. «Die willst du schon wieder umtauschen? Du hast die doch vorgestern erst geholt. Du bist ja ein richtiger Bücherwurm!»

«Das sagt sie jedesmal», flüsterte mir Gudrun zu, während wir die Buchreihen durchgingen und sie sich Bücher aussuchte. «Die könnte sich auch mal was Witzigeres einfallen lassen.»

Also, ich fand das alles unheimlich stark und hab Gudrun gefragt, ob ich sie wieder besuchen darf. Ihr schien's schnuppe zu sein. «Von mir aus», war alles, was sie sagte.

Gleich am nächsten Tag bin ich wieder hingegangen. Es war einfach toll. Ich konnte tun, was ich wollte. Gudrun fand's korrekt. Ob ich mir was zu essen machte, mir in dem rosa und schwarz gekachelten Bad die Cremes ihrer Mutter ins Gesicht schmierte oder in den Schränken herumwühlte und die fabelhaften Kleider bestaunte. Aber tipptopp aufräumen mußte ich hinterher.

«Sonst schimpft die Putzfrau.»

Nur beim Lesen ließ sie sich ungern stören.

Ich hab oft auf dem niedrigen Fensterbrett gesessen, mir die Gegend bekuckt und auf unsere Siedlung gesehen. Aber ich hätte genausogut in Afrika sein können, so weit weg kam's mir vor. Es war einfach klasse ohne die Familie und die ewige Fragerei! Was hast du? Was machst du? Wie war's in der Schule? Kein Ferdinand, der jeden Satz mit «Weißt du was?» beginnt. Keine Anna-Sofie, die einen zum millionsten Mal mit der Kassette «Benjamin Blümchen rettet den Zoo» nervt.

Gudrun störte es auch nicht, daß ich versuchte, auf der Maultrommel zu spielen. Aber irgendwie kriegte ich das nie richtig hin. Gudrun meinte: «Klingt 'n bißchen wie 'n Brummer im Weckglas.»

Manchmal haben wir auch zusammen Schularbeiten gemacht. In Mathe und Englisch war die echt gut. Und manchmal hat sie mir auch ein bißchen was von sich erzählt. Wie oft sie schon umgezogen sind. Und daß ihre Mutter auf Messen verkauft.

Eine Woche später habe ich Frau Reese dann auch kennengelernt.

Ich hatte mich gerade in ein Abendkleid von ihr

gezwängt, als die Wohnungstür aufgeschlossen wurde und ich hörte, wie Gudrun «Mammi!» rief. Ehe ich das Kleid wieder ausziehen konnte, war sie schon im Schlafzimmer, und ich stand ziemlich bedeppert da in diesem blöden Fummel. Frau Reese schien nichts dabei zu finden, daß ich ihre Klamotten anhatte. Sie lächelte mich freundlich an. «Laß dich nicht stören. Du bist wohl die neue Freundin von Gudrun? Gott, was habe ich Hunger! Ich mache mich schnell ein bißchen zurecht, und dann gehen wir essen. Aber ruf deine Mutter vor an.»

Frau Reese sah noch unheimlich jung aus und hatte eine fabelhafte Figur.

Das Lokal, in das wir gingen, was ein toller Schuppen. Piekfein und irre teuer. Auf der Speisekarte gab's kein Gericht unter dreißig Mark. Wir durften uns bestellen, was wir wollten. Ich schämte mich für meine schmutzigen Jeans und die ausgefransten Tennisschuhe. Aber Frau Reese beruhigte mich. «Wer zahlt, darf alles.» Tatsächlich behandelte mich der Ober wie Lady Di und schob mir sogar einen Stuhl unter.

Gudrun war unheimlich aufgekratzt. So kannte ich sie noch gar nicht. Und kolossal besorgt um ihre Mutter. «Zieht's dir hier auch nicht? Du kriegst doch so leicht 'nen steifen Hals. Wie lange bleibst du eigentlich?»

«Paar Tage bestimmt.» Frau Reese lächelte den

Kellner an, der den Nachtisch brachte. «Und wie geht's euch so in der Schule?»

«Gudrun schreibt nur Einsen und Zweien», sagte ich. «Aber bei mir, na ja.»

«Ich war auch nicht gerade eine Leuchte.» Frau Reese zündete sich eine Zigarette an.

«Ist Ihr Job nicht wahnsinnig anstrengend?» fragte ich höflich.

Sie kuckte total verdutzt. «Wie meinst du das?»

«Na, den ganzen Tag die Steherei, und die vielen Menschen in so 'ner Halle.»

«Ich hab ihr erzählt, daß du auf Messen arbeitest», sagte Gudrun.

»Ach so. Ja, ja. Anstrengend ist es schon. Aber jetzt kann ich mich erst mal ausschlafen.»

Als ich am Tage darauf bei Reeses klingelte, klang Gudruns Stimme durch die Sprechanlage ziemlich mürrisch. «Ach, du bist's.»

Ich hätte es mir ja denken können, daß sie mit ihrer Mutter lieber allein sein wollte. Deshalb klingelte ich noch einmal. «Hab's mir überlegt. Ich komme morgen wieder.»

«Spinnst du? Komm schon rauf.»

In der Wohnung war Frau Reese gerade dabei, sich umzuziehen. Es roch nach einem wundervollen Parfüm. Wir gingen gleich in Gudruns Zimmer.

«Habt ihr denn nichts vor?» rief Frau Reese aus dem Badezimmer. «Ich dachte, ihr wolltet in die Stadt.»

«Ja, ja.» Gudrun packte ein paar nagelneue Bücher in eine Plastiktüte. «Wir verschwinden gleich.»

«Wo wollen wir eigentlich hin?» fragte ich im Fahrstuhl.

«Die Bücher umtauschen.»

«Und wo?»

«Im Kaufhaus Rainart.»

Als wir durch die Eingangstür des Hochhauses gingen, stand da ein dicklicher Mann und nahm gerade den Finger vom Klingelknopf.

»Er hat bei euch gedrückt«, sagte ich.

«Quatsch», sagte Gudrun.

Es war offener Verkaufssonnabend und ein fürchterliches Gedränge. Sogar in der Buchabteilung wurde man dauernd geschubst. Gudrun ging zu einem großen Grabbeltisch, suchte sich vier Bücher aus, sah nach dem Preis, rechnete kurz durch und legte die vier mitgebrachten Bücher an ihre Stelle.

«Das mache ich immer so», erklärte sie mir. «Ich tausch sie einfach mehrmals um. Der Verkäuferin darfst du damit nicht kommen, die flippt echt aus.»

«Irre», sagte ich gerade bewundernd, als plötzlich ein Mann neben uns auftauchte mit einem Gesicht wie ein Fruchtjoghurt. Ganz weiß und dazwischen lauter geplatzte Äderchen.

«Sieh mal an!» sagte er mehrmals hintereinander. «Wen haben wir denn da?»

«Eine Kundin, die ihre Bücher umtauscht», sagt Gudrun. «Hier ist mein Kassenbon.»

Er starrte verdutzt auf den Bon. «Nach der Do-it-yourself-Methode! Das haben wir gern. Haut bloß ab, und laßt euch hier nie wieder blicken!»

Das ließen wir uns nicht zweimal sagen.

«Mann, du machst ja Sachen», seufzte ich.

«Wieso?» Gudrun war ganz erstaunt. «Ist doch korrekt.»

Zu Hause hab ich davon natürlich nichts erzählt. Mutti hätte gleich wieder eine Krise bekommen.

Eine Woche später waren wir auch wieder allein. Wenn Gudrun mal keinen Bock auf Bücher hat, dann toben wir durch die Stadt. Am liebsten fahren wir U-Bahn und denken uns tolle Spiele aus. Gudrun ist da sehr erfindungsreich. Zum Beispiel setzen wir uns zu den alten Leuten und reden über unsere Eltern.

«Ist dein Papa noch im Knast?» fragt Gudrun so laut, daß es jeder hören kann. «Was hat er eigentlich angestellt?»

«'ne Bank überfallen.» Ich sehe traurig vor mich hin. Die Altchen glotzen uns an.

«Und dein Bruder?» frage ich. «Hängt der immer noch an der Nadel?»

Gudrun nickt. «Meine Mutter sagt, wenn er sich blicken läßt, schmeißt sie ihn raus.»

«Zeiten sind das heute!» sagt die dickbusige Frau

uns gegenüber zu ihrem Mann. «Weit sind wir gekommen!»

Sie will mit uns ein Gespräch anfangen, aber dem Mann ist das peinlich. «Laß doch. Wir müssen aussteigen.»

Toll ist es, wenn Kontrolle kommt. Dann springen wir auf, rasen zur Tür und versuchen sie aufzukriegen. Das Gesicht des Kontrolleurs strahlt. «Nu mal nicht so eilig, die Damen. Eure Fahrausweise, bitte!» Wenn wir sie ihm dann lässig hinstrecken, ist er schwer enttäuscht. «Weshalb macht ihr denn so 'n Theater?»

Manchmal steigen wir irgendwo aus und schlendern durch total fremde Straßen, wo es ganz verrückte Läden gibt und jedes Lokal griechisch oder türkisch ist. Als wir gerade an einem gammeligen Kellerladen mit Schuhen vorbeigehen und ich die Schrift auf der Schaufensterscheibe *Auf leisen Sohlen* laut lese, sind wir plötzlich von einer Horde Jungs umringt.

«Was hängen dir denn für Fäden aus der Hose?» sagt einer zu Gudrun, die ja wirklich sehr dünne Beine hat.

«Wo die herkommen», sagt ein anderer, «da drükken sie doch abends den Mond noch mit der Stange hoch. Oder seid ihr vom Verfassungsschutz?»

Als sie anfangen, uns zu schubsen, nehmen wir die Beine in die Hand.

«Machst du dir was aus Jungs?» frage ich ganz atemlos, als wir sie abgeschüttelt haben.

«Aus solchen bestimmt nicht.» Gudrun schnappt nach Luft. Wir lachen wie verrückt und können uns gar nicht mehr einkriegen.

Frau Reese und Gudrun haben die gleiche Stimme. Wenn Frau Reese mal länger wegbleiben muß und Gudrun bei mir schlafen möchte, ruft sie einfach bei Mutti an. «Guten Tag, Frau von Trebnitz, ich wollte fragen, ob meine Tochter bei Ihnen übernachten darf. Ich muß für ein paar Tage verreisen.»

«Je-der-zeit», versichert Mutti. «Wir haben Gudrun sehr ins Herz geschlossen. Aber wir Mütter sollten uns auch mal kennenlernen.»

Gudrun erfindet irgendeine Ausrede und sagt dann etwas Freundliches über mich, was Mutti schmeichelt.

«Frau Reese scheint wirklich eine nette Frau zu sein», sagt Mutti. «Sie hat so gar nichts Gewöhnliches. Trotzdem finde ich, du solltest deine alten Freunde nicht so vernachlässigen. Du hockst ja nur noch bei Gudrun.»

«Wir machen Schularbeiten zusammen.»

«Wirklich?» Mutti sieht mich etwas skeptisch an.

«Aber meine Arbeiten sind doch viel besser geworden.» Da muß Mutti mir recht geben.

Dieses Wochenende verbringt Gudrun wieder bei uns. Mutti lobt ihre tadellosen Tischmanieren, ihre Bescheidenheit und daß sie gleich aufspringt, wenn was zu holen ist.

«Wirklich, ein angenehmes Kind.»

Als ich Gudrun nach Hause bringe, sagt sie so ganz beiläufig: «Übrigens, nächste Woche bin ich nicht da. Ich verreise mit meiner Mutter.»

«Jetzt, während der Schule?»

«Mutti hat in den Ferien keine Zeit. Sie hat mir ein Attest besorgt.»

«Na ja, du hast ja mit der Schule keine Probleme», seufze ich.

«Tschau», sagt sie und verschwindet im Hochhaus.

Drei Wochen vergehen, ohne daß Gudrun sich meldet. Als ich schließlich bei ihr anrufe, höre ich nur eine Stimme: «Dieser Anschluß ist vorübergehend nicht erreichbar.»

Ich radle zum Hochhaus hinüber. An der Haustür des Vogels Greif gibt es das Namensschild Reese nicht mehr. Ich klingle irgendwo und fahre zum zwanzigsten Stock. Auch an der Wohnungstür fehlt das Schild. Und die Tür steht offen. Die Wohnung ist total leer. Reeses sind weg. Einfach so. Ohne sich zu verabschieden.

Ich starre aus dem Fenster, den Daumen im Mund. Die untergehende Sonne hat den Himmel rot angepinselt. Gleich wird der Vogel Greif abheben. Ich starre, bis ich das Gefühl habe, über der Erde zu schweben. Der Vogel Greif und ich, wir werden Gudrun finden!

Hinter mir schimpft ein Mann. «Nicht mal für 'n

Augenblick kann man hier 'ne Wohnung offenlassen. Schon sind diese verdammten Gören zugange.»

Mein Daumen flitzt erschrocken aus dem Mund. Ich drehe mich um und frage ihn, wo Reeses hingezogen sind.

Er klimpert ungeduldig mit dem Schlüsselbund.

«Weiß ich's? Jedenfalls hatten sie es verdammt eilig, wegzukommen. Und nun verschwinde!»

Ich werde sie finden!

12. Das Mercedeskind

Wir sind schuld, daß Onkel Kurt sich kein neues Auto leisten kann. Tante Christa muß nämlich zum Psychotherapeuten, und das zahlt die Kasse nicht. Der Psychotherapeut hat zu Onkel Kurt gesagt, Tante Christa wäre kein seltener, aber ein sehr langwieriger Fall. Die Behandlung würde ihre Zeit dauern. Zwei Jahre bestimmt. Er müsse ganz von vorn beginnen, behutsam, Schritt für Schritt, bei Tante Christas Kindheit.

Onkel Kurt ist Muttis Vetter und hat sie früher mal sehr verehrt, behauptet Omi. Papi sieht ihn lieber gehen als kommen. Aber er wohnt nun mal in unserer Stadt und hat viel Familiensinn. Zuviel, meint Papi.

Onkel Kurt redet gern von früher. Wie schön das Leben auf dem Lande war, auf Schloß Ebesdorf in Schlesien. Und wie schmerzlich er es vermißt, das alte Rittergut, seit Generationen im Besitz seiner Familie. In Onkel Kurts Wohnung hängen überall seine Ahnen und Bilder vom Schloß, sogar im Gästeklo. Omi wundert das sehr. «Das Gut war doch total verschuldet und ist bereits 1930 unter den Hammer gekommen. Soviel ich weiß, sind Kurts Eltern damals nach Schweinfurt gezogen.»

Jetzt muß Onkel Kurt bei einer Versicherung fronen, obwohl er sich so sehr nach Grund und Boden sehnt. Deshalb trägt er auch am liebsten einen grünen Anzug und einen Trachtenhut.

«Onkel Kurt im Country-Look», macht Andrea sich lustig, wenn er uns besuchen kommt.

Papi erzählt gern die Geschichte vom Familientreffen in Onkel Kurts Wohnung. Da hatte er doch auf den Tischkarten die Zimmer seiner Neubauwohnung tatsächlich als Salon bezeichnet. Grüner Salon, roter Salon, blauer Salon.

Mutti nimmt Onkel Kurt jedesmal in Schutz. «Sie haben wirklich hübsche alte Sachen –»

«Ich saß auf einem Ikea-Stuhl», sagt Papi.

«– und sich so viel Mühe bei dem Familientreffen gegeben», sagt Mutti, Papis Bemerkung übergehend.

«Aber nur, weil er versuchen wollte, jedem Gast eine Versicherung aufzuschwatzen.»

«Du ärgerst dich ja bloß, weil er dich gern scherzhaft als einen Staatsspitzel bezeichnet.»

«Grüner Salon», wiederholt Papi kopfschüttelnd.

«Na und? Jeder Mensch ist anders albern. Du hast dafür die Marotte mit der Chinesin.»

Onkel Kurt hat Tante Christa beim Joggen kennengelernt. Im Stadtpark sind sie fast aufeinandergeprallt, haben sich gegenseitig entschuldigt und dann zu einem kleinen Gespräch auf eine Bank gesetzt. Onkel Kurt ist sehr schnell auf Schloß Ebesdorf zu sprechen gekommen und wie er die Heimat vermißt. Tante Christa hat es mächtig gefallen, daß er so heimat- und naturverbunden ist. Auch sie liebt die Natur und überhaupt alles Natürliche. Vor allem in der Ernährung.

Damals war Tante Christa noch Redakteurin bei einer Frauenzeitschrift und sorgte dafür, daß dicke Leserinnen durch eine spezielle Diät dünn werden konnten. Sie brachte auch Mutti dazu, sich über richtige Ernährung Gedanken zu machen und nur noch kaltgeschlagenen Honig und linksgedrehten Joghurt zu kaufen. Papi rastete richtig aus, als Mutti ihm statt seiner geliebten Bratkartoffeln «Schneewittchensalat» aus Mohrrüben, geriebenen Äpfeln und Chinakohl vorsetzte, und lehnte den frischen Obstaufstrich «Süße Morgenröte» rundweg ab.

Bevor Ferdinand geboren wurde, besuchte uns Tante Christa häufig und legte für mich und Andrea in der Ecke unseres Kinderzimmers ein Biogärtchen an. In die Mitte hatte sie, ganz süß, ein Bauernhäuschen gestellt, vor dem der Bauer und die Bäuerin auf einem Bänkchen saßen und all die sprießenden Erbsen und Linsen und die Kresse ankuckten.

«Nun könnt ihr mit eigenen Augen sehen, wie

die zarten Keime ans Licht drängen», sagte sie, «und teilhaben an dem Wunder von Werden und Wachsen.»

Aber irgendwie hatten wir damit kein Glück. Erst machte sich das Zwergkaninchen über das Grüne her, dann fiel ein Karton mit Spielsachen vom Kleiderschrank und zermalmte das Bauernhaus.

Bald danach faßte Tante Christa den Entschluß, Mutter zu werden. Von nun an wollte sie nur noch «Wärme und Licht» für ihre zukünftige Familie sein.

Wölfchen, das Mercedeskind, wurde geboren. So hat Papi ihn getauft, weil er fast in Onkel Kurts Auto zur Welt gekommen wäre, als Tante Christas Mutter sie in die Klinik fuhr.

«Die arme Großmutter», sagte Omi. «Was muß sie sich geängstigt haben.»

«Die arme Christa», sagte Mutti.

«Das teure Auto», seufzte Papi.

Tante Christa gab ihre Stellung auf, um sich ganz ihrem Sohn zu widmen, und arbeitete nur noch hin und wieder für die Zeitschrift. Wir bekamen sie daher selten zu Gesicht. Dafür machte sie Papi halb wahnsinnig mit ihren endlosen Telefongesprächen, die sich ausschließlich um das Werden und Wachsen von Wölfchen drehten.

Mutti, die uns fast zur gleichen Zeit Ferdinand

bescherte, war nach diesen Gesprächen immer ganz unsicher, ob er mit Tante Christas Wunderkind Schritt halten würde.

«In manchem ist er vielleicht wirklich noch etwas zurück.» Papi warf mit zugehaltener Nase die Pampers in einen Plastikeimer.

Mutti sah ihn entsetzt an. «Gott, in was denn?»

«Na, weil er noch nicht aufs Klo gehen kann.»

Jetzt, wo Ferdinand fast fünf ist, hat Papi diese Bedenken aufgegeben. Aber der Besuch des Kasperletheaters wurde uns von Tante Christa neulich fast vermasselt. «Ich bin strikt dagegen, daß Konflikte mit Gewalt gelöst werden statt durch Argumente», hatte sie Mutti belehrt. Aber wir sind trotzdem gegangen, und Ferdinand schrie jedesmal vor Vergnügen, wenn der Kasperle dem Krokodil ordentlich eins auf den Kopf gab.

Vor drei Wochen hat Tante Christa mal wieder angerufen und gefragt, ob wir Wölfchen für ein paar Tage nehmen würden. Die Redaktion wollte sie nach London schicken, und das konnte sie schwer ablehnen. Kurt war in der Zeit dummerweise auf Geschäftsreise.

«Das soll für uns wohl eine Ehre sein», murrte Papi.

«Sei doch nicht so ungefällig», tadelte Mutti. «Ferdinand und er sind im gleichen Alter. Sie werden wundervoll zusammen spielen.»

«Hoffentlich.»

Wölfchen, blondgelockt und schmächtig, mit bis zur Schulter reichenden Haaren, an seiner Mutter wie eine schwere Einkaufstasche hängend, hielt am Wochenende bei uns Einzug. Auf dem Rücken trug er einen kleinen Rucksack, aus dem es laut trompetete.

«Das ist ja klassische Musik!» Mutti war ganz verblüfft.

«Stimmt.» Tante Christa strich ihm stolz übers Haar. «Von Bumsmusik will er nichts wissen. Klassik liebt er über alles, vor allem das Trompetenkonzert von Haydn. Er ist ja ein so harmonisches Kind.»

«Aber jetzt stellen wir dieses herrliche Konzert vielleicht mal 'ne Weile ab», meinte Papi.

Das harmonische Kind war nur sehr schwer von Tante Christa zu lösen. Selbst bei Tisch saßen sie Hand in Hand. Es wurde ein sehr unruhiges Mittagessen, denn Wölfchen hatte viele Wünsche. Erst wollte er Milch, dann eigentlich lieber nicht; dann wollte er Saft, dann lieber Brause und dann wieder Haydn.

«Aber bitte nicht bei Tisch», sagte Papi.

Während Wölfchen sich seinem Mittagsschlaf hingab, verließ uns Tante Christa, ganz aufgelöst über diese Trennung.

«Gott sei Dank», seufzte Papi, als sie endlich weg war. «Hast du dir auch alles gut gemerkt, Edith? Ich meine, was du beachten mußt, wenn er zu Bett geht?

Erst die Spieluhr, dann das Märchen, dann der Kassettenrecorder mit dem Haydn, dann das Nachtgebet. Und nicht vergessen, die Lampe brennen und die Tür offen zu lassen.»

«O Gott», seufzte Mutti, «wenn das mit ihm und Ferdinand nur gutgeht.»

«Auch wenn Ferdinand keine klassische Musik hört», sagte Papi, «ist er nicht gerade auf den Kopf gefallen. Ein einfallsreiches Kind.»

«Aber Wölfchen kann schon lesen. Aus der Zeitung. Vorhin hat er mir Mitteilungen der Bundesversicherungsanstalt vorgelesen.»

Der erste Tag unseres Gastes verging damit, daß Ferdinand ihm alles wieder wegriß, was er in die Hand nahm: die Autos, den Trecker, das Skelett, die Bilderbücher, das Dreirad – es war ein Spiel, das beiden zu gefallen schien. Sie beschäftigten sich damit den ganzen Sonntag vormittag und setzten es beim Mittagessen fort. Ferdinand nahm Wölfchen den Löffel weg, den Saft, den Mutti ihm eingegossen hatte, den Pudding, ja sogar die Serviette. Wölfchen litt stumm.

«Also, Ferdinand, was soll denn das?» donnerte Papi los. Ferdinand erschrak ein bißchen und ließ unseren Gast einen Augenblick in Ruhe. Aber kaum waren sie wieder im Kinderzimmer, ging das Theater von vorn los.

«Einfach irre», sagte Andrea.

«Soll er sich doch wehren», sagte Papi.

Wölfchen wehrte sich nicht. Mit großen Augen sah er Ferdinand an, der mit dem Dreirad um ihn herumkurvte.

«Das kommt dabei heraus, wenn so ein Kind keine Spielgefährten hat», meinte Papi. «Schnapsidee, ihn nicht in den Kindergarten zu schicken.»

Nach zwei Tagen hatte Ferdinand Wölfchen in einen willenlosen Sklaven verwandelt. Wölfchen schien es zu gefallen, ein Sklave zu sein. Er ließ sich den Kaugummi aus dem Mund nehmen und sah jedesmal fragend zu Ferdinand hin, wenn er etwas essen wollte. Und erst, wenn unser Bruder gnädig nickte, stopfte er sich den Kuchen in den Mund. Auf Ferdinands Befehl kroch er unters Bett und blieb dort eine halbe Stunde regungslos liegen, bis Papi ihn hervorzog. Papi klopfte ihn ab. «Hier müßte wohl auch mal wieder gesaugt werden.»

Und dann ertappten wir Ferdinand dabei, wie er unserem Gast die Haare abschnitt. Die eine Seite war bereits ratzekahl, als Papi ihm die Schere wegnahm. Die andere hing noch traurig herunter.

Mutti schrie auf: «O Gott, Karl Albrecht! Sieh dir das an!»

Papi betrachtete Wölfchen interessiert. «Sie kriegt einen halben Skinhead zurück.»

«Das wird sie uns nie verzeihen», jammerte Mutti.

Ferdinand bezog eine Tracht Prügel, was Wölfchen veranlaßte, zu Papi ein ganz gemeines Wort zu sagen. «Laß ihn los, du alter Bock!»

Papi war entzückt. «Habt ihr das gehört? Der Junge macht sich.»

Tante Christa bekam eine Nervenkrise, als sie ihren Liebling so verschandelt sah.

«Wär ich bloß nicht nach London gefahren! Du armes, armes Kind! Was hast du leiden müssen!»

Wölfchen befreite sich aus ihrer Umarmung. «Hau doch ab, du geile Kuh!»

Mit Tränen in den Augen fuhr Tante Christa mit ihm davon.

Aus dem Kinderzimmer dröhnte schmetternde Musik. Papi zuckte zusammen.

«Haydns Trompetenkonzert. Das hat man nun von seiner Gastfreundschaft!»

13. Maria

Kaltgeschlagenen Honig und Schneewittchensalat oder Brotaufstrich «Süße Morgenröte» gibt es bei uns schon lange nicht mehr. Mutti hat einfach keine Zeit, stundenlang herumzulaufen, um für uns einzukaufen und sich Gedanken über gesunde Ernährung zu machen. Sie arbeitet jetzt nämlich wieder zwei Mal in der Woche als Krankengymnastin. Sie war ganz happy, daß sie auf Anhieb was gefunden hat, bei dem schlechten Arbeitsmarkt. Papi war nicht sehr erfreut. «Muß das sein? Du wirst nur übernervös, und wer hat es auszubaden? Ich.»

Tante Christa war wahnsinnig sauer, daß Mutti, ihre Vertraute, ihr vorher überhaupt nichts davon erzählt hat, und schrieb ihr einen beleidigten Brief, in dem stand, daß Vertrauen eine wichtige Kategorie für die soziale Gestaltung des Lebens auch im privaten Bereich ist. Ohne Vertrauen wäre ein Zusammenleben auf Dauer nicht möglich, und die Fähigkeit zum Vertrauen gehöre leider zu den am schwächsten entwickelten Kräften des Menschen.

Mutti war beim Vorlesen ganz beeindruckt, und Papi hat so gelacht wie selten.

Um Muttis Kenntnisse wieder aufzufrischen, müssen Anna-Sofie und ich als Versuchskaninchen herhalten. Sie zeigt uns das Gehen im Dreivierteltakt, vorwärts, seitlich, rückwärts. Die Betonung der Armschwünge bei gleich langen Schritten. Gehen mit Ausfallschritten und im Zehenstand. Dann müssen wir ein Tuch mit den nackten Zehen einkrallen, festhalten und aufheben.

«Mein Gott, stellt ihr euch dämlich an!» Sie scheucht uns in den Garten und vertieft sich weiter in das Buch «Krankengymnastik nach Verletzungsfolgen am Bewegungsapparat».

Beim Essen redet Mutti nur noch ganz geschwollen daher. «Ich war heute bei dem Fall mit der distalen Radiusfraktur.»

Wir glotzen sie an.

«Das ist eine Stauchungsfraktur», erklärt sie ungeduldig.

«Und wie ist diese distale Radiusfraktur entstanden?» fragt Papi.

«Die alte Dame ist in ihrer Küche fürchterlich hingefallen», erklärt Mutti, nun wieder allgemein verständlich. «Dabei hat sie sich das Handgelenk gebrochen.»

Damit wir unglücklichen Kinder bei zwei berufstätigen Eltern nicht ganz verwahrlosen und zu unserem Recht kommen, hat Mutti eine Putzfrau angestellt.

Sie heißt Maria und kommt aus Portugal. Tante Christa, mit der Mutti das Vertrauen inzwischen wiederhergestellt hat, hat sie sehr empfohlen.

Nur nach langem Zögern war diese Maria bereit, auch bei uns zu arbeiten.

«Alle Capitalista sind ganz verruckt nach mir», sagt sie am ersten Arbeitstag und kocht sich erst mal einen starken Kaffee.

Marias Lebensgeschichte kennen wir schon von Tante Christa.

Marias früherer Mann ist Unteroffizier in der portugiesischen Armee gewesen und lebte mit ihr in den Kolonien. Dort hatte Maria sogar ein eigenes Dienstmädchen und spielte selber Capitalista. Dann ist ihr Mann aus der Armee entlassen worden. Sie haben ihr Glück in der Bundesrepublik versucht. «Aber das Glück», sagt Maria, «wollte von uns nichts wissen.» Der Unteroffizier ist abgehauen und hat sie sitzenlassen. Mit einer befristeten Aufenthaltsgenehmigung und vier Kindern. Da hat sie zu putzen angefangen. Jeden Tag von acht bis fünf Uhr nachmittags. Sonnabend und Sonntag. Jetzt hat sie einen festen Kundenkreis von Ehefrauen, Witwen und Junggesellen.

Von Männern will Maria nichts mehr wissen. So dumm war sie nur einmal! Und auf keinen Fall will sie in das Dorf zurück, aus dem sie kommt. Ihre Kinder sollen alle mal Capitalistas werden, vor allem

Vasco, der Älteste, dem sie die Handelsschule bezahlt. Täglich schwebt sie in Ängsten, daß sie wieder nach Portugal zurück muß. Eine offizielle Arbeitserlaubnis kriegt sie nämlich nicht.

Ihre Damen kümmern sich sehr um sie. Sie haben auch dafür gesorgt, daß sie jetzt in einer privaten Krankenversicherung ist.

Allmählich kennen wir alle Damen, die Maria beputzt, und ihre Gewohnheiten wie unsere eigenen. Da ist zum Beispiel eine Richterin, die im Wohnzimmer lauter so verruckte Bilder hängen hat. Sie raucht wie ein Schlot, und Maria fragt sich ehrlich, wie lange das die Gardinen noch aushalten. Auch von der Witwe mit dem Dackel erzählt sie gern. Wenn Maria den Damen vom Kaffeekränzchen gerade Kaffee einschenkt, steht die Witwe plötzlich auf, nimmt einen Ball und erklärt den erstaunten Gästen: «Ihr müßt mich entschuldigen. Fipsi hat jetzt seine Spielstunde.» Dann geht sie mit dem Dackel nach nebenan. Auf den Karten, die sie von ihren Reisen an Maria schickt, steht jedesmal: Viele Grüße auch von Fipsi.

Sehr gekränkt ist sie über Frau Barnsen. Die versteckt das Telefon im Schrank, wenn sie verreist ist. «Es klingeln und klingeln, und ich nicht finden kann Apparat. Wie mich dann mein Sohn erreichen?»

Mutti sagt zu Papi, daß sie diese Frau Barnsen gut versteht. Unsere Telefonrechnung ist in letzter Zeit auch rasend hoch und Marias Mutter in Portugal sehr krank.

Manchmal gerät Marias Zeitplan durcheinander. Statt Freitag um zehn erscheint sie am Sonnabend um zwei, wenn Mutti sich zu einem Nickerchen ins Schlafzimmer zurückgezogen hat. Aber das, sagt Maria, läßt sich nun mal nicht ändern. Alle Menschen sind verruckt nach ihr, und dann müssen sie sich schon nach ihr richten. Wo sie doch vier Kinder durchbringen muß, und eins ist immer krank.

Mutti braucht nur ein Wort zu sagen und die anderen Damen auch, dann bleibt sie ganz bei der einen, der alten Frau, die sie wie eine Tochter liebt und ihr schenkt und schenkt. Mutti wühlt schuldbewußt in ihrem Schrank und trennt sich seufzend von einem geliebten Sommermantel. Maria dreht ihn abschätzend hin und her. «Sehr gut für Tante in Portugal.» Sie stopft ihn ziemlich achtlos in eine Plastiktüte.

Die alte Dame, die sie wie ihre Tochter liebt, hätte es gern, daß Maria ganz zu ihr zöge. In der herrschaftlichen Villa, die sie bewohnt, ist Platz genug. Aber das möchte Maria nicht. Sie will mit ihren Kindern allein leben. Mit denen ist sie sehr streng. Das kann Papi uns gegenüber gar nicht oft genug erwähnen. Der Sohn darf nie in eine Discothek. «Aber warum denn nicht?» fragt Andrea. «Was ist dabei?»

«Ich arbeiten und arbeiten, und Vasco in Discothek

mit frechen Mädchen.» Maria schüttelt den Kopf. «Dafür ist Geld nicht da.» Wenn er das noch einmal tut, hat sie ihm gedroht, schickt sie ihn zurück zu Onkel. «Dann kannst du mit ihm fischen gehen, Tag und Nacht.» Aber der Sohn hat die Drohung nicht ernst genommen. Als er nach zehn Uhr pfeifend heimkam, war sein Koffer schon gepackt.

«Morgen früh ich dich bringe nach Haus», hat Maria entschieden. Vasco hat geweint und gefleht, aber sie ist eisern geblieben. Sie sind in den Zug gestiegen, und der Junge hat die ganze Zeit geheult. «Mamita, das kannst du doch nicht tun!» Auf der ersten Station ist sie dann ausgestiegen und wieder mit ihm zurückgefahren. Das nächste Mal, hat Maria gesagt, macht sie Ernst.

Unser Haus findet Maria sehr verruckt. Mutti findet es verruckt, daß sie dauernd neue Putzmittel kaufen muß, aber Maria zum Aufwischen kaum Wasser benützt.

«Mit einem halben Eimer Wasser putzt sie das ganze Haus, und was davon noch übrig bleibt, da kocht sie Kaffee draus», summt Papi.

Wir Kinder finden es sehr verruckt, daß wir jetzt zu Mittag nur noch Nudeln kriegen. Gekocht, gebraten, gebacken, als Salat. «Können wir nicht mal was anderes bekommen?» beklagen wir uns bei Mutti.

Mutti sagt, wir sollen uns nicht anstellen. Nudeln wären sehr nahrhaft.

«So ändern sich die Zeiten», meint Papi. «Vom

Biogarten zurück zur verpönten Mehlspeise. Wo bleiben denn da deine vielgepriesenen Ballaststoffe und die essentiellen Fette?»

Eines Tages bleibt Maria fort, und Mutti telefoniert besorgt mit allen Damen. Die Richterin kann schließlich Auskunft geben. Maria ist nach Portugal gefahren. Wann und ob sie wiederkommt, weiß niemand.

«Eine wirklich zuverlässige Kraft!» sagt Papi und kommt aus dem Büro geeilt, um uns die Nudeln auf die Teller zu schütten. Aber nach ein paar Wochen ist Maria wieder da.

Da wird die alte Dame, die Maria so liebt, krank. Nun hat sie noch weniger Zeit für uns. Und wir müssen mal wieder ran. Denn reicher Lohn wird ihr winken. Sie und der Doktor, der täglich kommt, werden eine Menge Geld erben, worüber sie gern und viel redet, wenn sie sich hin und wieder doch noch mal blicken läßt.

Sie wird sich eine Wohnung nehmen, wo sie nicht mehr die Kohlen aus dem Keller schleppen muß; sie wird den Führerschein machen, sich ein Auto kaufen und Ferdinand, dem kleinen Liebling, ein richtiges Fahrrad schenken. Andrea bekommt das Armband, das sie sich schon so lange wünschte, und Anna-Sofie einen kleinen Hund. «Und du, Charlotte? Was wünschst du dir?»

«Einen Schaukelstuhl», sagte ich. «Ein Schaukelstuhl wäre unheimlich toll.»

Natürlich können wir einem so großzügigen Menschen wie Maria nicht mehr die Arbeit allein überlassen. Wir überschlagen uns, um ihr zu helfen. Tragen den Mülleimer runter, machen den Abwasch, wischen Staub und essen, ohne zu murren, angebrannte Nudeln.

«Das Haus sieht eigentlich immer recht ordentlich aus», findet Mutti. «Maria ist doch tüchtiger, als ich gedacht habe.»

Die alte Dame ist gestorben. «Nun werden wir uns wohl nach einer neuen Hilfe umsehen müssen», sagt Mutti.

«Ich krieg ein Fahrrad», sagt Ferdinand.

«Und ich einen Hund.» Anna-Sofie sieht ihre Eltern etwas ängstlich an.

«Also, da haben wir ja wohl auch noch ein Wort mitzusprechen», sagt Mutti. Während sie sich noch um den Hund zanken, hören wir, wie die Haustür aufgeschlossen wird. Maria kommt herein und läßt sich schluchzend auf einen Stuhl fallen.

«Nun beruhigen Sie sich doch», sagt Papi. «Die alte Frau hat sicher nicht leiden müssen. Die war ja schon fast neunzig.»

Maria weint und weint. Wir sehen uns ratlos an.

«Diese Südländer trauern eben noch sehr elementar um den Tod eines geliebten Menschen», flüstert Mutti Papi zu.

Allmählich fängt sie an, sich zu beruhigen. Es ist

nichts mit dem Geld. Maria wird keine Capitalista werden.

«Sind noch andere Erben aufgetaucht?» fragt Papi mitfühlend.

«Schlimmer! Viel schlimmer!» Maria fängt wieder an zu weinen.

Wir erfahren, daß die alte Dame viel Schwarzgeld gehabt hat in einem Schließfach auf der Bank, für das der Doktor und Maria eine gemeinsame Vollmacht besitzen.

«Aha», sagt Papi, «und das Schließfach war leer.»

Maria schüttelt den Kopf, und Mutti sagt: «Nun laßt sie doch mal zu Ende erzählen.»

Der Doktor hat sich geweigert, mit Maria zur Bank zu gehen und das Geld herauszuholen. Die Bank hat es dem Amtsgericht gemeldet, und nun ist das schöne Geld futsch. Denn es muß versteuert werden. «Trotzdem wird schon noch ein bißchen was übrigbleiben», tröstet Mutti sie.

Maria schüttelt wieder den Kopf. Wir erfahren, daß es kein Testament gibt und die Vollmacht ohne Testament gar nichts bedeutet. Jetzt forschen sie erst mal nach Angehörigen, die vielleicht noch leben. Maria steht auf, schnaubt sich die Nase und verschwindet in der Küche.

Mutti sieht ihr mitleidig nach. «Ihr könnt ihr eigentlich heute mal ein bißchen helfen, Kinder.»

Aber das können wir nun wirklich nicht. Bei den vielen Schularbeiten, die wir aufhaben.

14. Der schöne Willi

Frau Fröhlich hat einen neuen Herrn. Er ist das Thema Nummer eins in der Siedlung. Auch Mutti redet immer wieder davon. «Ist er wirklich zwanzig Jahre jünger? Was meinst du, Karl Albrecht?» Papi meint gar nichts. Er sitzt mit Ferdinand auf dem Schoß vor dem Fernseher und sieht sich die Muppets mit uns an.

«Er soll sie verprügeln», sagt Andrea. «Jedenfalls ist sie neulich mit einem blauen Auge herumgelaufen.»

Anna-Sofie dreht sich um und glubscht uns an. Mutti gibt Andrea ein warnendes Zeichen. Die Süße darf sich nicht erschrecken. Sie ist ja so sensibel! Neulich nachts ist sie, weil sie schlecht geträumt hatte, schreiend durchs Haus gelaufen. Mutti konnte sie kaum beruhigen. Der Lehrer hatte im Unterricht über Hiroshima gesprochen und über die Folgen eines Atomkrieges. Er hat ihnen auch einen Film darüber gezeigt. Das ist ihr so in die Knochen gefahren, wie mir damals Frau Reimers Schilderung von dem Bombenangriff auf unsere Stadt. Mutti war ganz beunruhigt. Das Kind muß womöglich noch zum Psychotherapeuten.

«Unerhört!» schimpft Papi.

Mit der Schule hat Papi nicht viel im Sinn. Er drückt sich, wo er kann, vor den Elternsprechtagen. «Da wird sowieso nur törichtes Zeug gequatscht.» Aber diesmal war das anders. Da hat er sich gleich auf die Socken gemacht und Anna-Sofies Lehrer zur Rede gestellt. Was er sich dächte, so kleine Kinder mit solchen Horrorvisionen zu ängstigen.

Herr Seifert, der Klassenlehrer, war ganz erstaunt. Papis Reaktion war ihm total unverständlich. «Man kann gar nicht früh genug anfangen, die Kinder über die Folgen eines nuklearen Krieges aufzuklären und über das unsinnige Wettrüsten», erklärte er Papi.

«Aber doch wohl nicht schon in diesem Alter! Meine Tochter ist ja gerade erst neun. Und bis sie zur Wahl geht, dauert's noch eine Weile.» Papi war ganz aufgebracht über Herrn Seiferts Standpunkt.

Die Realität sei nun mal unerfreulich, ist er da von Herrn Seifert belehrt worden. Davor dürften auch die Kinder nicht die Augen verschließen. Papi hätte wohl Urlaub von der Wirklichkeit genommen.

Papi ist mächtig in Rage geraten. Dann würde Herr Seifert vielleicht die Güte haben, die Kinder darüber aufzuklären, was es sonst noch so für mörderische Waffen gibt. Das Auto, zum Beispiel. Vor allem weil soviel Halbverrückte ans Steuer gelassen würden, die sich nicht an die Geschwindigkeitsbegrenzungen hielten.

Anna-Sofies Lehrer haben sie den Führerschein weggenommen, weil er so gerast ist.

Herrn Seifert kratzte diese Anspielung überhaupt nicht. Er sagte, mit der Technik und ihren Folgen müßten wir nun mal leben. Das ließe sich nicht ändern.

Auch nicht, daß die Verkehrsrowdies immer mehr zunehmen? fragte Papi. Und die Gewalt an den Schulen? Sein kleines Mädchen traue sich ja kaum noch allein nach Haus aus Angst vor den großen Jungs. Er als Vater, sagte Papi bissig, würde es jedenfalls außerordentlich begrüßen, wenn sich Herr Seifert mal um die pädagogische Aufgabe kümmern würde, Gewalt zu verhindern.

Papi war unheimlich stolz, daß er sich für seine Süße so stark gemacht hatte. Aber gedankt hat's ihm Anna-Sofie nicht. Im Gegenteil, sie heulte herum, daß sie sich ja so schämte und was denn die anderen aus der Klasse jetzt von ihr denken sollten. Papi hätte keine Ahnung wieviel Unrecht es auf der Welt gibt. Ihre Eltern wären ja nicht mal bereit, in bestimmten Geschäften für den Kaffee zehn Pfennig mehr auszugeben, von denen dann Schulen in Nicaragua gebaut werden könnten. Papi dächte nur immerfort an seine dämlichen Uhren. Und dann zischte sie ihn tatsächlich an: «Faschist!»

Mutti hat schrill aufgelacht, und Papi war wahnsinnig beleidigt. Er bildet sich nämlich eine Menge auf seine Toleranz ein, weil er stundenlang geduldig den Zeugen Jehovas zuhört und ihnen den «Wachtturm» abkauft. Sie lieben Papi sehr und machen enttäuschte Gesichter, wenn Mutti an der Tür erscheint und sie kurz abfertigt, weil gerade etwas anbrennt, die Badewanne überläuft oder das Telefon klingelt.

Einen Augenblick habe ich gedacht, jetzt klebt er der Süßen eine. Aber er seufzte nur tief, was er gerne tut, wenn er sich unverstanden fühlt, und sagte ganz ruhig: «Das mit dem Kaffee finde ich eine prima Idee. Die zehn Pfennige ziehen wir dir dann von deinem Taschengeld ab.»

Den Rest des Tages war Anna-Sofie Luft für ihn und ich zur Abwechslung seine Beste. Doch dann ist die Süße nachts zu den Oldies ins Bett gekrochen und hat herumgewimmert, sie graule sich wieder so und er solle sie festhalten. Mutti ist ihr nicht auf den Leim gekrochen. «Was soll der Unsinn, Anna-Sofie?» Aber Papi ist natürlich dahingeschmolzen und nahm sie gleich wieder in Schutz. «Ach, laß sie doch, wenn sie sich fürchtet. Sie ist doch so sensibel.» Als ich so alt war wie meine Schwester, durfte ich mir das nicht erlauben. Da hieß es einfach: Dafür bist du jetzt zu groß, Charlotte. Und zu schwer, fand Papi. Da bricht uns ja das Bett zusammen.

Anna-Sofie und sensibel! Da kann ich nur lachen.

Die ist hart wie 'ne Rockerbraut und fürchtet sich vor nichts. So reagiert sie auf Andreas Bemerkung von Frau Fröhlichs blauen Augen auch völlig anders, als erwartet. «Sprecht ihr vielleicht vom schönen Willi? Der ist ein Zuhälter.»

Mutti ist baff. «Weißt du denn überhaupt, was das Wort Zuhälter bedeutet?»

«Na klar doch. Der schickt Mädchen auf den Strich.»

«Hört euch dieses Wurm an!»

Ich werfe Andrea einen vielsagenden Blick zu. Sie sieht mich verächtlich an. «Tu bloß nicht so, als ob du selbst den Schimmer einer Ahnung hättest.»

«Vor Anna-Sofie möchte ich darüber lieber nicht reden», sage ich würdevoll. «Aber ich könnte dir Sachen erzählen, ihr würdet staunen.»

«Ist ja schon gut», sagt Mutti.

Hänschen hat mich nämlich total aufgeklärt. Er ist sogar schon mal in einem Puff gewesen. Aber die haben ihn rausgeschmissen. «Komm in zwei Jahren wieder, Kleiner!» hieß es.

«Wie ist es nur möglich?» grübelt Mutti laut vor sich hin. «Wo doch Frau Fröhlich eine so glückliche Ehe geführt hat. Und dann jetzt dieser junge Bursche! Obwohl ich glaube, im Grunde ist er ein ganz anständiger Mensch. Was kann er dafür, daß er arbeitslos ist und sich aus Gram darüber so oft betrinkt? Wahrscheinlich weckt er Frau Fröhlichs mütterliche Gefühle.»

«Wenn du meinst», sagt Papi zerstreut und stellt den Fernseher auf die Sportschau um. «Ich hatte da eher einen etwas anderen Eindruck.»

Den schönen Willi hat Frau Fröhlich während einer Kur kennengelernt, die ihr die Kasse bewilligt hat. Ihr Kreislauf macht ihr so zu schaffen.

Der schöne Willi ist Asthmatiker, und das, sagt Frau Fröhlich, sind immer sehr einfühlsame Menschen.

Der schöne Willi ist gleich voll auf Frau Fröhlich abgefahren. Sie konnte es erst gar nicht glauben. Dieser hübsche, junge Mensch und sie. Deshalb war sie auch zu Anfang sehr mißtrauisch, wo man doch jeden Tag in der Zeitung von Heiratsschwindlern lesen kann. Und immerhin besitzt sie ein eigenes Haus. Außerdem ist sie Witwe. Was sollten da die Leute denken? Sie hat sich daher auch gar nicht darum gekümmert, daß er dauernd um sie herumwieselte. Die erste Zeit war sie noch viel zu sehr mit ihrer Gesundheit beschäftigt.

«Das war ein volles Programm, Charlotte, sage ich dir. Von morgens bis abends. Ins Moorbad rein, zum Wassertreten raus. Massage früh, Gymnastik am Nachmittag. Und dann diese interessanten Vorträge der Kurärzte. Daß körperliche Erschöpfung oft aus dem Seelischen kommt, nach psycho-sozialem Streß.»

Bei einem solchen Vortrag hatte sich der schöne

Willi neben sie gesetzt, während der Arzt gerade vom Stellenwert der Entspannung redete. Erst hat er sie nur so von der Seite angesehen. Dann hat er plötzlich ganz sanft ihre Hand genommen und gedrückt. Sie war wie gelähmt von Kopf bis Fuß. Richtig schummrig ist ihr geworden, und sie hat nur noch halb gehört, was der Arzt von dem breiten Spektrum der Gesundheitsstörungen erzählte.

Nach dem Vortrag ist sie dann mit Willi die Wandelhalle auf und ab gegangen, hat ihr Wässerchen getrunken und der Kurkapelle gelauscht, die gerade «Glühwürmchen, Glühwürmchen, flimm're, schimm're» spielte. Wo es doch gar keine Glühwürmchen mehr gibt, weil sie der Umweltverschmutzung zum Opfer gefallen sind. Das hat uns jedenfalls Herr Fröhlich gesagt. Und der kannte sich ja nun wirklich in der Natur aus.

Also, sie sind so hin und her gegangen, und jeder hat von sich gesprochen. Der schöne Willi hat ihr erzählt, daß seine Eltern bei einem Verkehrsunfall umgekommen sind, daß er eine schwere Jugend gehabt hat, daß er arbeitslos ist und daß er sich nun mal nichts aus diesen emanzipierten Frauen macht. Die wären kalt wie eine Hundeschnauze und dächten nur an sich und hätten überhaupt kein Herz. Und auf das Herz käme es schließlich bei einer Frau besonders an.

Als Frau Fröhlich mit dem schönen Willi zurückgekommen ist, stand die Siedlung kopf. Frau Fröhlich hat erst behauptet, der schöne Willi wäre ihr Neffe. Aber das glaubte ihr natürlich keiner. So wie die sich beim Kaufmann angesehen haben! Tante und Neffe? Niemals! Daß dieser junge Mann nur auf Frau Fröhlichs Ersparnisse und das Häuschen aus war, das fühlte doch ein Blinder mit dem Krückstock. Nicht das Schwarze unterm Nagel, arbeitslos, aber ein Motorrad wie der König von Spanien, der ja mit so einer schweren Maschine nachts auf Mädchenjagd gehen soll. Und das ganz in Leder, sagt Frau Reimer vom Kiosk.

Zu uns ist der schöne Willi sehr nett. Anna-Sofie darf sogar manchmal auf seinem Motorrad mitfahren. Frau Fröhlich ist nicht wiederzuerkennen. Sie trägt die Hosen so eng wie Andrea und das Haar ganz krisselig, dazu einen riesigen Ohrring. Auch die blaue Grotte hat sich sehr verändert. Der schöne Teppich ist voller häßlicher Flecken und Löcher, die von Zigarettenkippen stammen. Der Vogelkäfig hat eine große Delle.

Nachts ist es jetzt oft furchtbar laut in dem Haus. Statt Vogelstimmen hört man eine Sängerin tönen: «Ich geb' heut nacht mein Herz frei und leb' mit vollem Risiko. In der Nacht der Wölfe brennt ein Licht irgendwo», oder so ähnlich. Aus der Küche kommt kein Duft mehr von Frischgebackenem, es riecht eher nach Bier und Schnaps. Mummel schleicht verstört durch die Gärten.

«Wahrscheinlich hat dieser Willi ihm einen Tritt

verpaßt», vermutet Opa Naumann. «So ein asozialer Typ ist doch zu allem fähig.»

Von den Nachbarn läßt sich keiner mehr bei Frau Fröhlich blicken. Mit dem schönen Willi will niemand was zu tun haben. Nur Anna-Sofie ist dauernd drüben. Sie muß sich um Mummel kümmern, erklärt sie Mutti.

»Na ja, sie ist eben Willis kleine Puppe», hänsele ich. «Er bringt ihr oft was mit und zeigt ihr, wo er überall tätowiert ist.»

Darüber muß Mutti un-be-dingt mit Papi sprechen. Aber dazu kommt es nicht mehr. In der Nacht geht es wieder hoch her bei Fröhlichs. Jemand schreit wie wahnsinnig. Wir stürzen aus den Betten, kucken aus dem Fenster und sehen einen Streifenwagen vor Fröhlichs Haus. Zwei Polizisten kommen aus der Gartenpforte, zwischen sich den schönen Willi. Dahinter Opa Naumann. Die Wagentür klappt, und dann wird es wieder still.

Opa Naumann ist der Held des Tages. Als er Frau Fröhlich so schreien hörte, ist er in Bademantel und Pantoffeln durch den Garten hinübergerannt und von hinten durch die Küche ins Haus eingedrungen. Er hat nämlich noch einen Schlüssel zum Hintereingang aus der Zeit, als Frau Fröhlich zur Kur war.

Mit einem kurzen Handkantenschlag hat er den schönen Willi außer Gefecht gesetzt. Der war gerade dabei, mit einem Messer an Frau Fröhlich herumzuschlitzen. Blau wie ein Veilchen.

Sie ist Opa Naumann schluchzend um den Hals gefallen, er hat sie beruhigt und die Polizei gerufen.

«Die Generation von Opa Naumann», sagt Frau Reimer, «die hat wenigstens noch Mumm in den Knochen. Und Opa Naumann hat ja auch die Nahkampfspange. Ist überhaupt ein stattlicher Mann.»

Der schöne Willi muß hinter Schloß und Riegel. Soll 'ne Menge auf dem Kerbholz haben, Gewalttätigkeit und Körperverletzung und so. Aber Opa Naumann ist da skeptisch. «Die lassen ihn bestimmt bald wieder laufen. Die Gefängnisse sind ja überfüllt mit solchen Typen.»

Frau Fröhlich sagt, sie ist aus einem schweren Alptraum erwacht. Sie weiß gar nicht, wie sie Opa Naumann danken soll, der ihr das Leben gerettet hat, sozusagen. Und was für ein wundervoller Mensch er ist.

Opa Naumann kümmert sich jetzt sehr um sie. Flickt ihr den Gartenzaun, schneidet ihr die Hecke und macht ihre Dachrinne sauber. Er hat auch den goldenen Käfig ausgedellt und dabei geholfen, den blauen Teppich zu schamponieren.

«Vielleicht heiraten die beiden», sagte ich zu Hänschen.

Hänschen muß mal wieder den Kopf über mich schütteln. «Kann sie doch nicht, du Blödmann. Dann verliert sie ihre Pension.»

Dann besuchen Anna-Sofie und ich nach langer

Zeit mal wieder gemeinsam Frau Fröhlich in ihrer blauen Grotte. Es ist wie früher. Sie sitzt im Schaukelstuhl, Mummel auf dem Schoß, und sieht uns zu, wie wir uns ihre Kekse reinziehen. Halblaut spricht sie vor sich hin: «Ich hab heut nacht von ihm geträumt.»

«Von wem denn?» frage ich.

Sie antwortet nicht, streichelt nur Mummel.

Anna-Sofie sieht sie an und sagt mit vollem Mund etwas undeutlich: «Er kommt wieder. Bestimmt, Hundertprozentig.»

15. Der Bushwalker

Normalerweise ist Omi ja dem totalen Rentnerstreß verfallen und flitzt mit ihrem Auto durch die Lande. Von überallher bekommen wir eine Karte: Florenz, Paris, Madrid.

«Eure Großmutter kuckt wirklich unter jeden Stein.» Mutti betrachtet sich gerührt die Ansichtskarten. «Soll sie nur ihr Leben genießen. Schwer genug hat sie's ja gehabt. Gott sei Dank bekommt sie eine ganz anständige Rente. Die Jahre als Leiterin eines Gästehauses haben sich ausgezahlt.»

Tante Hertha schüttelt über die Reiselust ihrer Schwester nur den Kopf. Omi wäre schon als Kind so flatterhaft gewesen. Wenigstens im Alter sollte man sich dem Dienst am Nächsten widmen. Aber dafür hat Omi eben keine Meinung. Wir können nur staunen, was sie auf ihren Reisen für Strapazen aushält. Aber wenn wir mit ihr durch die Stadt nageln, jammert sie jedesmal: «Kinder, nicht so schnell. Meine Knie, mein Herz!» Doch wenn Mutti mal wegfährt, ist Omi gleich zur Stelle, um auf uns aufzupassen.

Dieser Aufgabe sehen wir jedesmal mit gemischten Gefühlen entgegen. «Warum muß die arme Omi bei uns einhüten?» fragt Andrea scheinheilig. «Wir werden auch ganz gut allein fertig. Vielleicht will sie ja gerade wieder nach Australien fahren oder so.» Dort ist sie nämlich auch schon gewesen und, wie Papi behauptet, «ein richtiger Bushwalker geworden».

Mutti sieht Andrea an. «Sagtest du, allein fertig? Ich möchte nicht noch mal eine angetaute Tiefkühltruhe vorfinden und eine Waschmaschine mit Reißzwecken im Flusensieb.»

Omi ist soweit ganz in Ordnung. Die ersten Tage mit ihr sind zwar echt nervig, weil sie vom Aufräumungsfimmel besessen ist. Sogar die Schubladen in der Küche werden entkrümelt. Sie fegt ächzend Unterwäsche und leere Keksschachteln unter unseren Betten hervor und meckert, daß wir Milch und Obstsäfte in der Packung auf den Tisch stellen, anstatt sie in Kännchen umzugießen. Und am Sonntagmorgen sollen wir schon um elf am Frühstückstisch sitzen! Aber nach ein paar Tagen läßt sie die Zügel wieder schleifen und seufzt nur ein bißchen über die viele Wäsche.

Aber daß sie aus Papi wieder den großen Häuptling macht, den wir von vorne bis hinten bedienen sollen, das paßt uns nicht. «Bringt mal, tut mal, holt mal was für euern Vater.» So hetzt sie uns durch die Gegend. «Was möchtest du denn gern essen, Karl

Albrecht? Welches Hemd soll ich dir rauslegen? Was für deine Dienstreise einpacken?»

Mutti sagt, sie braucht danach mindestens vier Wochen, um Papi wieder zu emanzipieren. Trotzdem sind ihr ab und an ein paar Tage ohne uns diese Arbeit wert. Papi genießt natürlich sein Pascha-Dasein. Deshalb darf Omi auch wie vom Schmetterling gebissen reden. Was er sich bei uns sofort verbittet. «Nun macht mal Feuerpause. Ich hab einen schweren Tag hinter mir.»

Omi erzählt gern von früher. Es beginnt meist damit, daß sie irgend etwas in unserem Haushalt vermißt. «Wo ist eigentlich der Plattenkoffer mit den Holzrädern geblieben, in dem ich damals eure Mutter über die Straßen gezogen habe?»

Doch wir haben an diesem Koffer, in dem Mutti jetzt Werkzeug verstaut, ebensowenig Interesse wie an dem ausgebeulten Kochtopf, der irgendwo im Keller steht und früher ein Stahlhelm gewesen sein soll.

Andrea hört viel lieber, wie reich unsere Urgroßeltern mal gewesen sind, um damit vor ihren Freundinnen anzugeben. Und wieviel Personal sie hatten. Omi zählt auf: «Eine Mademoiselle, eine Nanna, einen Hauslehrer, eine Beschließerin, und von denen hatte jeder wieder ein eigenes Mädchen zur Bedienung! Außerdem eine Köchin, drei weitere Stubenmädchen, einen Diener, einen Dienerjungen und das

Küchenmädchen, das sogenannte fünfte Rad am Wagen.»

«Wenn ich das in meiner Klasse erzähle, glaubt mir kein Aas», seufzt Andrea. «Das ist ja wie bei der Königin von England.»

Omi lacht. «Aber dann, aber dann kam die Inflation, und aus war's mit der Herrlichkeit. Das ganze Vermögen nicht mehr wert als ein Schlips. Von da an gab's nur noch Erbsensuppe und Sirup.»

«Warum bist du eigentlich nicht mitgekommen», fragt Andrea, «als wir mit Onkel Kurt durch Schlesien gefahren sind?»

«Ich will mir nicht mehr an meiner Seele rütteln lassen. Ich hab alles hier drin.» Sie deutet auf ihr Herz. «Jeden Raum, jedes Zimmer, den Park, den Hof, die bröckelige Treppe zum Weinkeller, das Hechtloch im See. Bevor wir weg mußten, habe ich mich vor das abgebrannte Schloß gesetzt und alles in Gedanken abgemalt. Hinterher war der Schmerz weg. Erledigt. Vorbei.»

Andrea hat erzählt, der Park wäre wie ein Urwald gewesen. Sie hat sich mit einer jungen Polin angefreundet, der sie nun Pakete schickt, die aber Mutti bezahlen muß. Andrea konnte es nicht fassen, daß man noch so leben kann, mit einem Klo auf dem Hof und einer Pumpe in der Küche. Geradezu abartig. Die Polen waren wahnsinnig gastlich. Nur Onkel Kurt hat sich aufgeregt über die Mumien. War ja auch echt irre. Irgendwelche Jugendlichen hatten die Gruft unserer Vorfahren in eine Discothek umgewandelt und die Särge als Sitzplätze benutzt. Die Gebeine hatten sie auf den Vorhof geworfen. Onkel Kurt ist sofort zu dem Geistlichen im Dorf gegangen und hat sich schrecklich darüber erregt. Sie sind dann noch einmal beerdigt worden, auf dem Friedhof.

«Sie waren völlig mumifiziert», sagt Andrea, «und sahen richtig beleidigt aus.»

Papi sieht sie mißbilligend an. «Ich muß doch sehr bitten!»

Omi lächelt. «Wir Menschen sind nun mal Barbaren. Wenn man ein bißchen an der Oberfläche kratzt, kommt bei jedem von uns das Mulschige heraus.» Sie kriegt ihren grüblerischen Blick. «Habe ich nun meine Tabletten genommen oder nicht, Kinder?»

«Du hast», sagt Papi. «Ich verstehe nicht, daß du die wie Zucker schluckst. Du wirst dich noch damit umbringen.»

Omi ist auf Medizin ganz versessen. Ein gewisser Nachholbedarf, erklärt uns Mutti. In ihrer Jugend war man einfach nicht krank. Da mußte man jeden Schmerz aushalten.

Die Medikamente nehmen in Omis Koffer den meisten Platz ein. Tabletten gegen Kopfschmerzen, gegen Schlaflosigkeit, gegen Rheuma, für die Verdauung, für die Erhaltung von Zähnen und Knochen. Sie schwört auf jedes neue Mittel, das auf den Markt kommt, und sie geht wie ein Messias durch die

Siedlung, um unsere Nachbarn von seiner fabelhaften Wirkung zu überzeugen.

«Du hättest Arzneimittelvertreterin werden sollen», sagt Papi. «Glaubst du wirklich, daß diese Medikamente dich vor Krankheiten schützen?»

«Ich muß doch versuchen, mich so lange gesund zu erhalten, bis meine Enkelkinder mich pflegen können», sagt Omi.

Andrea kuckt verdutzt. «Aber wäre ein schönes Seniorenheim für dich nicht viel angenehmer?»

Omi blinzelt Papi zu. «Nein, nein, die Liebe eines Enkelkindes läßt sich durch nichts ersetzen. Das wird ein Leben werden! Ihr müßt mir natürlich immer mein Lieblingsgericht kochen. Hefeklöße mit Pflaumensoße, zum Beispiel. Und mir vorlesen, weil ich nicht mehr so gut sehen kann. Generationsvertrag nennt man das ja wohl.»

«Sehr richtig», sagt Papi und streckt die Beine von sich. «Früher, im Mittelalter, gab's sowieso keine Kinder. Da gab's nur kleine Erwachsene.»

Als Mutti zurückkommt, ist Omi voller Verständnis, daß Papi leider, leider nicht mit uns zum Bahnhof kommen kann, um sie abzuholen, weil er so viel zu arbeiten hat. Dafür fährt sie mit uns.

«Karl Albrecht ist völlig überarbeitet», erklärt sie Mutti. «Er ist wieder mit einem Riesenaktenpaket nach Hause gekommen.»

Als wir das Haus betreten, liegen die Akten auf dem Flurtischchen, und Papi sitzt mit Ferdinand vor dem Fernseher, wo sie sich ein Fußballspiel ansehen. Papi springt so hastig auf, daß Ferdinand auf den Boden rollt, und ist etwas verlegen.

«Da seid ihr ja schon. Ich hab mir nur die letzten fünf Minuten vom Endspiel angesehen.»

Mutti begrüßt ihn kühl. «Ich denke, du wirst inzwischen das Abendbrot gemacht haben.»

Diesmal ist Omi sehr verändert. So vergißt sie total, Andreas Lieblingsbluse zu bügeln, obwohl die es ihr mindestens dreimal gesagt hat, und Andrea muß es tatsächlich selbst tun. Als Ferdinand sich vergebens mit seinen Schuhbändeln abmüht, sieht sie ihm geistesabwesend zu. Als er rumjault, weil er sein geliebtes Skelett nicht finden kann, sagt sie nur: «Es wird schon wiederauftauchen.» Und als er sie eine blöde Omi schimpft, meint sie lächelnd: «Da könnte direkt was dran sein, Junge.»

Die Geschichten, die sie uns erzählt, handeln alle von Australien. Daß es da noch einen richtigen Urwald gibt und Sümpfe.

Papi fällt nichts an ihr auf. «Was wollt ihr eigentlich? Sie ist wie immer. War dieser Schmorbraten heute mittag nicht herrlich?» Er faßt sich genüßlich an den Bauch. «Wenn ich da an die ewige Pizza eurer Mutter denke!»

An einem Nachmittag liege ich auf meinem Bett, den Walkman über den Ohren, und höre den Sänger, zu dessen Konzert mich damals Mutti an Andreas

Stelle geschickt hat und wo die Zuhörer Wunderkerzen abbrennen durften. Ich esse Schokolade und lese dabei den Roman «Die sündige Liebe der Katharina», den mir ein Mädchen aus meiner Klasse geliehen hat. Plötzlich kommt Omi schick aufgemacht herein.

«Wo willsten hin?» frage ich.

Aber da ist Omi wie Mutti. Sie beantwortet längst nicht jede Frage. «Ich fahr mal eben in die Stadt», sagt sie nur leichthin. «Vielleicht machst du das Abendbrot, ausnahmsweise.»

«Ungern», sage ich. Aber da ist sie auch schon aus der Tür.

Fast jeden Tag ist Omi jetzt weg, und wir rätseln, was sie wohl treibt.

«Jede Frau hat ihr süßes Geheimnis», sagt Papi und telefoniert lange mit Mutti darüber.

Als Mutti von der Reise wieder zurück ist, bleibt Omi noch eine Weile bei uns. Sie reden viel miteinander, wenn wir raus sind. Erst kurz vor Omis Abfahrt kriegen wir spitz, was eigentlich los ist.

Sie wird ihn nicht heiraten, diesen Bushwalker, den sie auf ihrer Reise durch Australien kennengelernt hat und der extra rübergekommen ist, um sie zu holen.

«Und warum nicht?» fragt Andrea.

Sie kann sich nicht von uns trennen. «Außerdem», sagt Omi, «ist er noch ein sehr altmodischer Mann. Und ich habe nun mal keine Lust mehr, mich nach irgend jemand zu richten.»

«Aber Papi bedienst du doch auch», sagt Andrea, «und machst um ihn ein furchtbares Getue. Also echt ätzend, Omi, wirklich.»

«Das ist ganz was anderes», sagt Omi. «Euer Vater, der ist wie ein Sohn für mich. Und Söhne sind keine Ehemänner.»

«Was für eine Logik!» sagt Mutti und ruft nach Ferdinand. «Du kommst jetzt gleich, auf der Stelle, sofort und hilfst mit beim Tischdecken.»

«Der arme Junge!» seufzt unsere Großmutter.

Ich sehe zu, wie Omi ihren Koffer packt. Sie sieht ziemlich traurig aus.

«Warum heiratest du ihn denn nicht, wenn du ihn liebst?» frage ich. «Liebe ist schließlich das Höchste im Leben!»

«Liebe! Liebe!» sagt Omi. «In Wirklichkeit liebt man doch nur das Gefühl, das der andere in einem erzeugt. Jetzt fahre ich erst mal nach Schweden. Da wollte ich schon immer hin.»

16. Gib her den Speer

Über unsere Großtante Hertha gehen die Meinungen der Familie auseinander. Papi sagt, sie wäre unser soziales Alibi, denn wie ja Anna-Sofie nun festgestellt hätte, kümmerten wir uns um die Armen dieser Welt nicht die Bohne. Mutti lacht: «Du schon!»

Papi kuckt verdutzt. «Ich?»

«Um die armen Reichen, daß sie ihre Steuern pünktlich zahlen.»

Omi dagegen behauptet, ihre Schwester wäre schon im Internat unerträglich gewesen mit ihrem sozialen Tick. So hätte Hertha sie geradezu gezwungen, von dem mageren Taschengeld noch was für die Innere Mission zu spenden.

Onkel Ulrich wiederum bezeichnet Tante Hertha als wahren Engel. So was von Hilfsbereitschaft. Sagenhaft!

Von unserer Großmutter mütterlicherseits, also Omi, her sind wir eine wahnsinnig große Familie. In ihren Geschichten wimmelt's nur so von Onkeln und Tanten. Alles Vettern und Kusinen von Omi. Besonders mit Tanten sind wir reich gesegnet. Wohin wir kommen, irgend jemand quatscht uns bestimmt an und behauptet, mit uns verwandt zu sein. Echt nervig. Mit unseren Großonkeln haben wir weniger Last. Sie sind alle gefallen, bis auf einen, und der jammert deshalb oft: «Wohin man sieht in der Familie – nur noch Weiber! Direkt zum Abgewöhnen.»

Sie liegen in fremder Erde begraben, in Feindesland, das nun wieder zu Freundesland geworden ist, seitdem wir mit den Städten die Patenschaften und den Jugendaustausch haben, auf den Andrea keinen Bock hat, auch wenn Mutti es sehr gut fände, wenn sie ihre Ferien mal im Ausland verbringen würde. In Frankreich, zum Beispiel.

Omis gefallene Vetter kennen wir nur von Fotos. Wir sehen sie auf Fahrrädern, auf Rodelschlitten, auf ihren Ponys auf dem Gutshof, mit ihren Karnickeln im Arm oder einem Gewehr über der Schulter. In kurzen Hosen und später in Uniform mit Mädchen, die ganz irre Hüte tragen wie die von der Heilsarmee. Und Röcke anhaben, die aus alten Uniformen unserer Urgroßeltern stammen sollen.

Auch von den Tanten gibt's natürlich jede Menge Fotos. Vor allem von Hertha, wie sie ihren Hund abschrubbt, Puppenwäsche aufhängt und später mit einem strammen Knoten im Genick einen Kinderchor dirigiert. Am liebsten betrachten wir uns das Foto, wie sie noch als halbes Baby, nur mit einer

Badehose bekleidet, auf einer Decke mitten zwischen hohen Brennesseln steht und verstört auf ihre Füße starrt. Das Küchenmädchen sollte auf sie aufpassen. Weil ihr Tante Hertha dauernd weglief, hat sie sie einfach in die Brennesseln gestellt.

Wir finden das fabelhaft. Das hätten wir auch mit Ferdinand machen sollen.

«Ein Bild, das gar nicht zu meiner Schwester paßt», meint Omi. «Da sieht sie ja richtig verängstigt aus.»

Tante Hertha fürchtete sich nämlich schon als Kind vor nichts und niemandem. Als der besoffene Melker mit dem Beil auf seine Frau losging, biß sie ihn so in den Arm, daß er aufjaulte wie ein getretener Hund. Und die arme Omi hat sie mächtig rumkommandiert. Die durfte bei Tisch nicht eher mit dem Essen anfangen, bis sie von ihr die Erlaubnis hatte. Sogar der Uropi hatte Dampf vor ihr. Der Arzt hatte ihm seinen geliebten Cognac verboten, und Tante Hertha hat sie alle gefunden, die Flaschen. Im Flügel, im Geigenkasten, in der Bibliothek hinter den vielen Bänden der Zeitschrift «Vom Land zum Meer», im Gewehrschrank.

«Muß ja das reinste Minensuchgerät gewesen sein!» meint Papi.

Auch die Uromi hatte nichts zu lachen. Dauernd war Tante Hertha hinter ihr her, daß sie was Nützliches tun sollte. Nicht nur Tischordnung machen, Blumen einstellen und auf dem Klavier herumklimpern. Sie hat es tatsächlich geschafft, daß ihre Mutter nach dem Mokka eigenhändig die Meißner Tassen und das Silber abwusch.

«Da war wohl Tante Hertha bei dem Personal sehr beliebt», meint Andrea.

Omi schüttelt den Kopf. «Nicht besonders. Die vergötterten nur Richard, unseren ältesten Bruder. Der durfte sich alles leisten. Vor allem bei der Mamsell. Die ganze Familie atmete auf», erzählt Omi weiter, «als Hertha sich entschloß, Jugendleiterin zu werden.»

«Das wäre dann wohl auch der richtige Beruf für dich», sagt Andrea zu mir. «Wo du der Tante so ähnlich bist.»

«Aber doch wohl mehr äußerlich», meint Mutti. «Von einem sozialen Engagement habe ich jedenfalls bei Charlotte bislang noch nichts bemerkt.»

«Sie ist viel schlanker als Hertha in ihrem Alter», nimmt Omi mich in Schutz. «Aber nun haben wir genug gelästert.» Omi klappt das Album zu. «Wenn meine Schwester und die Lennarts nicht gewesen wären, wer weiß, ob wir dann hier so friedlich zusammensäßen. Auf keinen Fall hätten wir die Vertreibung so gut überstanden. Allein, was der Gutsinspektor und Hertha im Lager so an Essen heranschleppten!»

«War da nicht mal was zwischen den beiden?» fragt Mutti.

«Ach, das sind nur Gerüchte», wehrt Omi ab. «Ja, ein bißchen hatten sie wohl was füreinander übrig.

Aber da war sie noch in der Ausbildung und Inspektor Lennart längst verlobt.»

«‹Dabei lag sie im Bett bei ihm, das war doch wirklich nett von ihm›», zitiert Mutti.

Omi sieht sie ganz verdattert an. «Was sagst du da?»

«Na, das ist doch aus dem Lied der ‹Vier Nachrichter›, das sie dauernd auf dem Grammophon spielten. Jedenfalls hast du mir das erzählt. ‹Gib her den Speer, Penelope und weine nicht zu sehr.›»

«Ach, das ist doch schon Ewigkeiten her. Ich kann mich kaum noch daran erinnern.» Omi hat keine Lust, darüber zu reden. «Der Lennart hat ja auch bald darauf geheiratet. Eine sehr nette Person übrigens. Schade, daß die Ehe kinderlos geblieben ist.»

«Und du warst dann wohl selber sehr beschäftigt», sagt Mutti. «Mit Papa.»

Dann fangen sie wieder an zu schwärmen, was für ein wunderbarer Mensch unser Großvater gewesen ist, an den sich aber Mutti kaum noch erinnern kann. Er ist gefallen, ebenso wie der Uropi und Onkel Richard. Deshalb ist auch Tante Hertha wieder nach Haus auf das Gut zurückgekehrt und hat, wie Omi sich ausdrückt, bis zum Kriegsende mit dem Inspektor den Laden geschmissen. Die Uromi ist dann sehr bald nach der Vertreibung gestorben, und Omi ist mit Mutti in diesem Kaff in Bayern hängengeblieben, wo sie vom Lager aus eingewiesen worden sind. Tante Hertha hat ein Heim übernommen, in dem Kinder, deren Eltern auf der Flucht verlorengegangen waren, gesammelt wurden. Tante Hertha ist gleich zu den Amis gegangen und hat gesagt, sie braucht unbedingt Schuhe für die Kinder. Die könnten schließlich nicht durch Eis und Schnee barfuß in die Schule gehen. Der Ami hat sie nur ganz kalt angesehen und in fehlerfreiem Deutsch geknurrt: «Hilf dir selbst, dann hilft dir Gott.» Tante Hertha wollte wissen, wie sie das verstehen soll. Ob das eine Aufforderung zum Klauen wäre.

«Nazibrut!» hat der Ami gezischt. Und da ist Tante Hertha richtig ausgeflippt. Kinder wären immer Opfer und keine Täter, überall auf der Welt. *«Do you understand me?»*

Zwei Tage später haben sie dann einen ganzen Lastwagen voller Schuhe herangekarrt. Allerdings nur Damenschuhe. Sogar die Jungs mußten auf hohen Hacken laufen.

Jetzt ist Tante Hertha längst pensioniert und lebt in Köln, wo sie Kindern von Ausländern umsonst Nachhilfeunterricht in Deutsch gibt.

Mutti faßt sich an die Stirn. «Da fällt mir ein, sie wollte ja am Sonntag für zwei Tage kommen.»

«Wirklich schade», sagt Omi ohne jedes Bedauern in der Stimme, «aber da bin ich bereits unterwegs nach Rom. Ich kann meine Reise unmöglich aufschieben.»

Auch unsere Freude hält sich in Grenzen. Omi ist

ja schon manchmal recht seltsam, aber Tante Hertha schlägt jeden Rekord. Ihr Lieblingswort ist «anständig». Kannst du nicht anständig guten Tag sagen? Sitz anständig! Ein anständiger Mensch tut so etwas nicht. In ihrem Leben gab es sehr viele anständige Menschen und ebenso viele, die keinen Anstand hatten. Hin und wieder trinkt sie auch gern mal einen anständigen Schnaps und erwartet, daß Mutti ihr einen anständigen Kaffee kocht. Außerdem zwingt sie uns, Hemden unter unseren Pullis zu tragen, die wir dann in der Schule im Klo erst wieder mühsam ausziehen und in die Schultasche stopfen müssen.

Nur Ferdinand findet sie klasse. Er nennt sie die Gruseltante, weil sie ihn so scharf ansieht, wenn er nicht gleich gehorcht. Und er liebt diese albernen Fingerspiele, die sie ihm beibringt. «Alle meine Fingerlein wollen einmal Tierlein sein. Und der Daumen ist das Schwein.»

Als er mal vierzehn Tage bei ihr zu Besuch war, hat sie ihn ganz schön auf Vordermann gebracht. Sie hat ihm nicht nur das ewige Gequengel abgewöhnt, er konnte sich auch plötzlich allein die Schuhe zubinden und gab beim Haarewaschen, wobei er sich sonst furchtbar anstellt, keinen Mucks mehr von sich. Bloß verstehen konnten wir ihn kaum, weil er nur noch flüsterte.

Nach Tante Herthas Oberweite zu urteilen, müßte sie die Stimme eines Fußballreporters haben, doch sie verblüfft jeden mit ihrem leisen Organ. Je aufgeregter sie ist, um so mehr geht die Stimme weg. «Wahrscheinlich zuviel herumkommandiert», vermutet Papi.

«Ach, Unsinn», nimmt Omi sie in Schutz. «Irgendwas ist mit ihren Stimmbändern nicht in Ordnung. Das weißt du doch.»

Andrea zieht ihren Ohrring ab und betrachtet ihn sich. «Was Tante Hertha mitbringt, ist wirklich klasse. Der Ohrring ist einfach super. Aber wie sie sich anzieht! Schlimmer als die Damen von Jacobs Kaffee.»

«Stimmt», sagt Mutti, «Yves Saint-Laurent hat bei ihrer Garderobe nicht gerade Pate gestanden. Ihre Devise lautet eben: Hauptsache praktisch.»

Am Sonnabend bin ich nach langer Zeit endlich mal wieder ganz allein zu Hause. Andrea ist mit ihrer Clique unterwegs, Anna-Sophie hilft in einem Tierheim aus, den Ferdinand hat Mutti bei einem Freund abgegeben, Papi muß sich bei einem Kollegen vom Finanzamt unbedingt eine Uhr aus dem 18. Jahrhundert ansehen, und Mutti macht in Eheberatung bei Tante Christa, die, wie sie uns erklärt, mal wieder in einer Beziehungskrise steckt.

Dem Haus scheint die Ruhe ebenso zu gefallen wie mir. Es knackt friedlich vor sich hin, läßt ein offenes Fenster klappern, und die Uhren im Wohnzimmer unterhalten sich mit aufgeregtem Ticken.

Was macht ein Kind wie ich allein zu Haus? Es holt sich was Vernünftiges zum Essen. Mandeln und Rosinen sollen sehr gesund sein, und irgendwo muß Mutti noch Schokolade versteckt haben, die sie in die Ostzone schicken wollte, wie sie die DDR immer noch nennt.

Durch die Gärten schmettert Hänschens Trompete und vermischt sich mit dem Gesang einer Lerche vom Band, die sich Frau Fröhlich beim Fensterputzen anhört.

Ich bin gerade dabei, die Schubladen in der Küche zu durchwühlen, da klingelt es an der Haustür. Wahrscheinlich wieder die Zeugen Jehovas. Aber die sind es nicht. Vor mir steht in ihrem uralten Lodenmantel und in Gesundheitsschuhen Tante Hertha. Sie bohrt ihren rechten Zeigefinger in meine linke Schulter und fragt: «Was machst du für ein Gesicht, Charlotte? Habt ihr mich nicht erwartet?»

Mutti muß den Sonntag mit dem Sonnabend verwechselt haben.

Tante Hertha wollte eigentlich die Lennarts besuchen. Sie wohnen hundert Kilometer von uns weg auf dem Land. Als sie Mutti erzählt, daß Herr Lennart einen Schlaganfall hatte und in ein Pflegeheim mußte, ist sie ganz bestürzt. «Und Frau Lennart liegt auch im Krankenhaus und ist am grauen Star operiert worden.»

«Davon wußte ich wirklich nichts», sagt Mutti.

«Wir haben noch gestern von den beiden gesprochen.»

«Meine Schwester hätte sich ruhig ein bißchen mehr um die Lennarts kümmern können, statt in der Gegend herumzukutschen», haucht Tante Hertha. «Wo ist sie überhaupt? Zu Hause konnte ich sie nicht erreichen.»

«Sie ist nach Italien gefahren.»

«Italien?»Tante Hertha schnaubt unwillig durch die Nase. «Diese ewige Rumreiserei ist mir unverständlich.»

Mutti wird selbst-ver-ständ-lich Tante Hertha zu Herrn Lennart bringen, und am nächsten Tag fahren wir zu dem Pflegeheim. Es liegt in einem schönen Park mit vielen Blumenrabatten. Vor der Eingangstür steht eine Bronzefigur, eine Schwester, die einen alten Mann stützt.

Das Heim ist nagelneu und funkelt förmlich in der Sonne. Wir gehen durch einen langen, hellen Flur, in dem Kübelpflanzen wie Wachtposten stehen und Pfeile auf Tafeln in alle Richtungen zeigen. Mutti sieht in eine Teeküche, wo Schwestern sitzen und Kaffee trinken. Sie fragt, wo Herr Lennart liegt.

Sein Zimmer ist hell und freundlich. In drei Betten liegen drei alte Männer. Sie haben den gleichen vorwurfsvollen Blick wie meine auf dem Dachboden abgestellten Puppen.

Im Bett am Fenster schläft Herr Lennart. Jedenfalls

hat er die Augen geschlossen. Tante Hertha faßt nach seiner Hand. Aber Herr Lennart erkennt sie nicht. «Mein Lieschen», murmelt er, «wo bist du bloß gewesen?»

«Ich bin's doch», flüstert Tante Hertha. Doch Herr Lennart ist nicht interessiert an unserer Tante. «Lieschen soll kommen», quengelt er.

«Gott, hat der abgebaut«, sagt Tante Hertha leise vor sich hin. «Das wird wohl erst besser werden, wenn die beiden wieder zusammen sind.»

«Eine Frauenstation haben wir nicht», sagt die Schwester, die gerade Essen verteilt. «Abendbrot, meine Herren.»

Ich sehe auf die Uhr. Es ist erst fünf.

«Ich werde mal mit der Heimleiterin sprechen», sagt Tante Hertha zu Mutti und erhebt sich entschlossen.

Die Heimleiterin ist sehr freundlich. Aber sie kann Tante Hertha nicht helfen. «Ich darf da keine Ausnahme machen. Für Ehepaare sind wir nicht eingerichtet.»

«In ihre Wohnung zurück können die beiden auch nicht mehr», sagt Tante Hertha. «Frau Lennart ist ja fast blind. Und wieso bringt man Ehepaare nicht zusammen unter?»

«Da müssen Sie die Behörde fragen, die dieses Heim gebaut hat», sagt die Heimleiterin. «Ich kann da gar nichts machen. Ich habe meine Vorschriften.»

«Soll das etwa heißen, daß die beiden womöglich den Rest ihres Lebens getrennt zubringen müssen?»

Die Heimleiterin überlegt. «Wenn sie nichts unternehmen, bestimmt.»

«Lieschen», hören wir Herrn Lennart über den Flur rufen. «Lieschen!»

Wir gehen noch einmal zu ihm zurück. Diesmal scheint er Tante Hertha zu erkennen. Er lächelt sie listig an und sagt mit hoher Stimme: «Gib her den Speer, Penelope, und weine nicht zu sehr. Wenn ich im Herbst dich wiederseh, dann weinst du noch viel mehr.»

Tante Hertha kuckt jetzt so verstört wie damals als kleines Mädchen auf der Decke zwischen den Brennnesseln.

«Alt werden ist furchtbar», haucht sie.

Mutti legt den Arm um sie. «Du wirst bestimmt eine Lösung finden.»

17. Ich sehe was, was du nicht siehst

Onkel Ulrich wird sich um die Lennarts kümmern. Er hat es Tante Hertha versprochen. Und auf Onkel Ulrich kann man sich verlassen. Das weiß jeder. Tante Hertha ist ihm ja so dankbar. «Wie schön, daß es noch Menschen wie deinen Bruder gibt, Karl Albrecht.»

Papi nickt selbstgefällig. «Ulrich wiegt eure ganze bucklige Verwandschaft auf.»

Onkel Ulrich ist wahnsinnig beliebt. Sogar in der Siedlung werde ich dauernd gefragt: «Wie geht's denn dem Herrn Doktor, Charlotte? Wann läßt er sich mal wieder blicken?»

Ich mache mich wichtig. «Keine Zeit, keine Zeit, der Onkel.» Immer im Streß und unentbehrlich im Krankenhaus, wo er als Unfallchirurg arbeitet.

Doch Onkel Ulrich kann viel mehr als nur Knochen zusammennageln und Mutti telefonisch aufklären, was wir denn nun eigentlich haben. Masern? Windpocken? Oder ganz einfach keinen Bock auf die Schule.

Wenn er zu Besuch ist, repariert er jedes elektrische Gerät, führt fabelhafte Zaubertricks vor, geht mit uns in alle Filme, die wir sehen wollen, und bekocht uns mit Leidenschaft.

«Ich frage mich, warum ich nicht dich geheiratet habe, Schwager.» Mutti leckt sich genüßlich die Lippen, als uns Onkel Ulrich Schinken im Teig serviert.

«Gab's da je Ambitionen?» fragt Papi.

«Na, hinter Ulrich waren sie doch alle her», sagt Mutti. «Der reinste Rattenfänger.»

Seine Frau, Tante Leonie, schüttelt ihre vielen Armbänder und lacht. «Aber was er dann mit der Ratte anfangen sollte, das wußte er nicht.»

Wir sehen sie mißbilligend an. Sie ist wahnsinnig schick und sieht genauso aus wie die Fotomodelle mit den teuren Autos auf den Werbeplakaten, die lässig an den Wagentüren lehnen oder sich auf dem Kühler räkeln. Wir mögen Tante Leonie nicht besonders.

«Dieses Luxuspüppchen paßt eigentlich gar nicht zu deinem Bruder», sagt Mutti. «Warum er ausgerechnet die heiraten mußte?»

Papi findet sie ganz nett. Einen erfreulichen Anblick auf jeden Fall. Außerdem ist sie Ulrichs Kontrastprogramm. Wie sollte sonst seine Güte zur Geltung kommen?

«Bei uns ist es umgekehrt», sagt Mutti. «Ohne dich würde niemand merken, was für eine selbstlose Frau ich bin.»

Onkel Ulrich ist wirklich das Glanzstück der Familie. Nie stellt er sich dusselig an wie unser Vater. Mit dem einzukaufen, ist echt nervig. Jedesmal muß ich im Supermarkt aufpassen, daß er das Fleisch, das es ja meist an einem Extrastand mit Bedienung gibt, nicht gleich in die Tasche steckt, sondern in den Einkaufswagen legt. Mit Vorliebe stößt er irgendwas um und fegt Flaschen vom Regal. Und so ein armes Schwein von Azubi kann dann die Scherben auffegen. Nicht mal mit einem Münzfernsprecher weiß er vernünftig umzugehen. Fassungslos beobachten wir, wie er versucht, ein Zweimarkstück in den Schlitz zu zwängen.

«Nu seht euch das an!» Mutti schüttelt den Kopf. «Wie der erste Mensch. Ja, ja, die Herren Beamten haben halt ihre Sekretärin, die ihnen die niedere Arbeit abnimmt.»

Unser Onkel weiß immer einen Weg, und bei jedem Problem, das wir haben, heißt es: Rufen wir doch mal Ulrich an, was der dazu meint. Er kennt 'ne Menge Prominenz und wird überall eingeladen, sogar neulich von einem richtigen Minister. Der war mit mächtig viel Promille auf der Autobahn in der Nähe des Krankenhauses gegen die Leitplanke gekracht und von Onkel Ulrich wieder zusammengeflickt worden.

Wir waren total überrascht, als wir hörten, daß Tante Leonie sich von ihm trennen wollte.

«Sie war ja schon die ganze letzte Zeit so biestig zu

ihm», erinnert sich Mutti. «Was sollte diese Bemerkung von der Ratte? Und weißt du noch, als wir ‹Ich sehe was, was du nicht siehst› gespielt haben und ich Onkel Ulrich erraten sollte, hat sie gesagt: ‹Ich sehe was, was du nicht siehst, und das ist ein Blender!›»

Verstehen kann es niemand. Sogar Tante Christa wundert sich darüber, obwohl sie ja sonst eine Menge an Männern auszusetzen hat. Denn das sind für sie alle Egoisten und denken nur an sich. Ganz anders Onkel Ulrich. «Der hat ein echtes Problembewußtsein für Frauen entwickelt», sagt sie zu Tante Leonie.

Tante Leonie bricht in Tränen aus. «Von mir aus könnt ihr euch ihn und sein Problembewußtsein an den Hut stecken!» schluchzt sie. «Ihr lebt ja nicht mit ihm zusammen.»

Onkel Ulrich hat denn auch Tante Leonie gleich total verstanden, daß sie von ihm weg will. «Sie ist nun mal eine temperamentvolle Frau, und ich bin ein ziemlicher Langweiler.»

«Nun machen sie sich alle wieder Hoffnungen im Krankenhaus, die Schwestern und die Narkoseärztin auch», meint Mutti.

Papi kuckt nachdenklich vor sich hin. «Manchmal denke ich, er hat mit den Jahren wirklich 'ne kleine Meise gekriegt. Warum er katholisch geworden ist, kann ich mir bis heute nicht erklären.»

Darüber redet der Onkel nicht gern. Nicht mal mit mir, wo ich doch sein Patenkind und seine Lieblingsnichte bin.

«Darauf hast du uns nun oft genug aufmerksam gemacht», erklärt Mutti unwillig. «Trotzden kein Grund, ihm auf den Schoß zu klettern wie ein Baby. Damit muß jetzt Schluß sein.»

Sonst stöhnt Papi gern über die vielen Gäste, die sich so das Jahr über bei uns rankrümeln. Nur Onkel Ulrich ist da eine Ausnahme. Papi freut sich sehr, als sein Bruder sich ansagt. «Hat sich ja wirklich eine Ewigkeit nicht mehr blicken lassen.»

Mutti bringt mit mir das Gästezimmer auf Hochglanz, bezieht das Bett mit ihrer besten Bettwäsche und scheuert voller Ekel das bekleckerte Waschbekken. «Wer von euch hat sich denn hier die Zähne geputzt?»

Papi und Onkel Ulrich reden viel von früher, aber selten von unseren Großeltern und der Flucht. Alles, was wir darüber wissen, haben wir von Omi. Dafür sprechen sie um so mehr von der guten Tante Anni, bei der sie nach der Flucht in Hannover gelandet sind. Sie mußten sie beim Mensch-ärgere-dich-nicht-Spielen immer gewinnen lassen, sonst durften sie nicht ins Kino.

«Und während wir auf dem Güterbahnhof für sie Kohlen klauten, ging sie in die Kirche und betete, daß wir dabei nicht von den Engländern erwischt wurden», erzählt Onkel Ulrich. «Weißt du noch, wie sie an der Gallenblase operiert werden mußte? Da war sie schon hoch in den Achtzigern. Und als die Ärzte sich unterhielten, als sie für die Narkose vorbereitet wurde, setzte sie sich auf und sagte: ‹Nun fangen Sie endlich an, junger Mann! Ich habe meine Zeit auch nicht gestohlen.›»

Mutti behauptet, ich klebte mal wieder unerträglich an meinem Patenonkel. «Einfach gräßlich! Ist dir das denn nicht lästig, Ulrich?»

«Überhaupt nicht», versichert er und streicht mir übers Haar. Endlich gelingt es mir, ihn von der Familie loszueisen und mit ihm allein einen Spaziergang zu machen. Wir gehen zu dem kleinen Teich in Serengeti, und ich rede wie angefaßt. Er hört mir geduldig zu. Ich muß einfach alles loswerden. Von der Bombe im Teich, den Toten unter dem Rasen, von Frau Kulacks Beerdigung, von dem schönen Willi, von Hänschens Karriere als Fotomodell, von Wölfchen, dem Ferdinand die Haare abgeschnitten hat, von Gudrun, die ich so vermisse, und von meinem fabelhaften Aufsatz, für den ich fast eine Eins bekommen habe.

«Da hast du mich wohl richtig zum Helden gemacht?» Er lächelt ganz merkwürdig. «Aber die Wahrheit sieht ein bißchen anders aus. Zu einem Handgemenge mit dem Pferdedieb ist es überhaupt nicht gekommen. Und auf einen Menschen zu zielen, war uns als Kinder streng verboten. Es war also sozusagen das erste Mal, daß ich so etwas tat. Plötzlich fühlte ich mich wie auf der Fuchsjagd. Kimme und Korn gestrichen und abgedrückt. Der arme Mann hatte nicht die geringste Chance. Dabei hätte es wahrscheinlich völlig genügt, wenn ich ihm nur gedroht hätte.»

Ich sehe ihn mit offenem Mund an. «Schließlich war es Notwehr. Du konntest doch nicht wissen, ob er bewaffnet war. Vielleicht hätte er sonst Papi und dich abgemurkst.»

«Kannst du dich noch an die Geschichte von dem Einbrecher erinnern, Charlotte? Den ich vor einem Jahr bei mir überrascht habe?» Ich nicke. «Ein ganz harmloses Bürschchen, das über die Terrassentür hereingekommen ist. Als ich mit der Pistole auf ihn zielte, überkam mich der gleiche Rausch wie damals. Ich habe abgedrückt, aber glücklicherweise vergessen, vorher den Sicherungshebel zu lösen.«

Mein Onkel eine Art Triebmörder? Ich kann's nicht glauben. Papi hat recht, er muß 'ne Meise haben.

Onkel Ulrich lacht. «Nu kuck nicht so entsetzt, Charlotte. Ich möchte nur nicht, daß du mich so glorifizierst. Du sollst wissen, daß die Motive, warum man etwas tut, nicht immer so edel sind, wie sie aussehen.»

Immerfort sollen wir uns an jemand ein Beispiel nehmen. An Albert Schweitzer, an Schwester Teresa, an Onkel Ulrich, und dann kommt so ein Beispiel und stellt alles auf den Kopf.

«Aber für uns bist du nun mal ein großes Vorbild. Tante Hertha sagt, du bist der beste Mensch, den sie kennt, und sie kennt 'ne Menge Leute. Jeder bewundert dich.»

Onkel Ulrich schüttelt den Kopf. «Du sollst überhaupt niemanden bewundern, Charlotte. Und nur auf dein eigenes Gewissen hören, was es dir sagt. Mir sagt es...»

Er verrät mir sein großes Geheimnis, das er schon lange mit sich herumträgt. Aber ich darf es zu Hause erst erzählen, wenn er wieder abgereist ist. Natürlich finde ich es wahnsinnig gut, daß er so viel Vertrauen zu mir hat. Andererseits kann ich es gar nicht abwarten, darüber zu sprechen. Ich bin richtig erleichtert, als er sich verabschiedet.

Als ich damit herausrücke, wollen es die Eltern kaum glauben.

«Ulrich geht in ein Kloster? Jetzt ist mein Bruder wirklich übergeschnappt!» stöhnt Papi.

Ich fange an zu weinen. «Nun sehen wir ihn nie wieder», schluchze ich. «Ihr werdet es sehen.»

«Werde gefälligst nicht hysterisch.» Papi ist richtig ärgerlich.

Andrea tröstet mich im Badezimmer, während sie einen neuen dämonischen Lidstrich ausprobiert. «Einfach toll, daß er es nur dir erzählt hat. Vielleicht ist er ja ehrlich in dich verknallt. Wie Pater Ralph de Bricassart in dem Film ‹Dornenvögel› in diese Meggie. Erst wird er Bischof, und dann kriegst du ein Kind von ihm.»

«Wer will denn so was!» entrüste ich mich.

«Aber ein bißchen wie dieser Schauspieler, der Richard Chamberlain, sieht er ja tatsächlich aus. Allerdings du nicht gerade wie das Mädchen. Oder hast du vielleicht tizianrotes Haar und Augen wie geschmolzene Edelsteine?»

Am nächsten Tag steht mein Entschluß fest. Ich werde Nonne! Eine Braut des Himmels. Denn zum wahren Leben, hat Onkel Ulrich gesagt, findet man nur durch die Kraft der Stille.

Hänschen hält das für eine prima Idee. «Da wird sich dein Alter bestimmt freuen.»

«Wieso?» frage ich verblüfft.

Hänschen grinst. «Dann spart er sich 'ne Menge Mäuse für die Ausbildung. Wenigstens bei dir.»

18. Das Tigerbaby

Serengeti darf nicht sterben! Das sagte schon Professor Grzimek. Wo soll sonst Hänschen die fremden Jungens verkloppen, die bei uns nichts zu suchen haben? Wo soll ich ungestört meine viele Schokolade essen und Hänschen seine Pornohefte lesen? Wohin flüchten wir denn, wenn es zu Hause Stunk gibt? Meistens ja ums liebe Geld, das Mutti so rasend verschwendet, wie Papi findet.

«Das Leben ist eben furchtbar teuer geworden», sagt Mutti.

Wo doch das teuerste Gut, was sie haben, wir Kinder sind! Uns müßte man genauso schonen wie das neubezogene Sofa, bei dem Mutti schon aufschreit, wenn wir mit einem Marmeladenbrötchen nur in seine Nähe kommen. Aber was tun sie? Sie stecken uns ein Zäpfchen in den Po und schicken uns trotz wahnsinniger Bauchschmerzen brutal in die Schule.

Als ich mit der Schreckensnachricht nach Hause komme, daß auf Serengeti nun doch Hochhäuser gebaut werden sollen, hört mir niemand zu. Papi hat nämlich auch eine kolossale Neuigkeit für uns: Er soll jetzt endlich befördert werden. Wir machen betretene Gesichter und starren ihn an. Beförderung bedeutet Versetzung in ein anderes Bundesland. Geredet hat er schon lange davon.

Papi ist über unsere Reaktion enttäuscht. «Ich dachte, ihr würdet bis an die Decke springen! Statt dessen macht ihr Gesichter, als würden wir gepfändet.»

«Aber mein Garten», sagt Mutti schließlich. «Und das gemütliche Haus.»

«Gemütliches Haus?» erbost sich Papi. «Wer hat denn dauernd über diese unpraktische Bruchbude gejammert?»

«Nun übertreibst du aber, Karl Albrecht», sagt Mutti.

Papi beginnt, die neue Stadt in den verlockendsten Farben zu schildern. Alles wird dort schöner, komfortabler, besser sein. Die Schule, die Umgebung, die Luft so nahe an der See. Nicht mehr dieser faulige Geruch bei Wetterumschwung. Und erst diese herrschaftliche Villa, in der wir wohnen werden. Mit einem parkähnlichen Garten und eigenem Schwimmbad.

«Wahrscheinlich ist der Schwamm drin», sagt Mutti.

«Im Schwimmbad?» Papi sieht sie irritiert an.

«In der herrschaftlichen Villa.» Mutti steht auf und stellt das Abendbrotgeschirr zusammen.

«Und daß ich mehr Gehalt kriege, bedeutet dir wohl gar nichts? Schließlich müssen wir an die Zukunft unserer Kinder denken. An die Ausbildung und an weiß Gott noch was. Aber woher ich das Geld nehme, interessiert niemanden.»

«Reg dich nicht auf, du hast ja recht.»

«Das will ich auch meinen.» Papi verläßt beleidigt das Eßzimmer. Mutti sieht uns an.

«Ich finde Umzug klasse!» sagt Ferdinand.

«Du hältst die Klappe!» sagt Anna-Sofie. «Ich bleibe hier.»

«Wo denn? Vielleicht bei Frau Fröhlich?» Andrea lacht. «Unser Haus muß verkauft werden, Klein-Dowie!» Sie ist die einzige, die sich mit Papi freut. Eine herrschaftliche Villa, ein Schwimmbad, ein parkähnlicher Garten. Da wird sie gleich eine House-warming-Party geben, mit Grillen und so.

Omi stimmt ihr zu. «Ihr müßt flexibel sein, Kinder», redet sie auf uns ein. Ihr ist's egal, wo sie wohnt. Hauptsache, sie hat uns und ein Bad. Das ist für sie immer noch das höchste. Gleich fängt sie wieder davon an, wie schwierig es früher mal mit dem Waschen war und in was für merkwürdigen Gegenständen sie sich schon abgeschrubbt hat: Regentonnen, Pferdeeimer, Zuber und sogar . . .

«In einem Nachttopf», vollendet Andrea den Satz.

Omi ist enttäuscht. «Ach, ihr kennt die Geschichte schon?»

Ich will keine Villa mit Schwimmbad, keine reizvolle Umgebung. Ich will in diesem ollen Haus bleiben und von der Chinesin und dem Tigerbaby träumen. Ich will meine Verstecke auf unserem Spielplatz nicht aufgeben. In diesem Urwald, wo alles durcheinander wächst, wo man glaubt, Tarzan würde gleich durch die Zweige hüpfen. Hänschen will ihn ja mal echt gesehen haben. Ich will die Karnickel beobachten und für Mutti Holunderbeeren sammeln, auch wenn niemand den Saft mag. Frau Fröhlich soll mir noch oft vom schönen Willi erzählen. Hänschen wird später hier Polizist werden und die Verkehrsrowdies aufschreiben. Vor allem die BMW-Fahrer. Und am Abend auf seiner Trompete spielen.

Wir werden einfach eine Demo machen und Serengeti zu einem Naturschutzpark erklären. Nichts darf sich verändern. Es muß alles bleiben, wie es ist.

«Bis jetzt ist es ja noch nicht soweit», tröstet mich Mutti, die Gedanken lesen kann.

Papi meint: «Wenn das Gelände sowieso bebaut wird, fällt euch das Wegziehen leichter. Und überhaupt, die schönsten Jahre haben wir hier gehabt.»

Wir fahren am Wochenende, um unser zukünftiges Zuhause zu besichtigen. Mutti beginnt sich langsam dafür zu erwärmen. Ein großer Dachboden, drei Klos, ein schöner, großer, trockener Keller. Nicht schlecht. Papi verspricht Anna-Sofie, im Garten ein kleines Gehege anzulegen. Da darf sie dann ihre Schützlinge unterbringen. Das findet Anna-Sofie, die Verräterin, enorm.

«Und du, Charlotte», sagt Papi, «du bekommst Cellostunden. Das hast du dir doch schon so lange gewünscht.»

Aber ich lasse mich nicht bestechen. «Cello ist doof», maule ich, verstecke mich aber gleich vorsichtshalber hinter Muttis Rücken.

»Dieses Kind!» sagt Papi. »Dieses Kind!»

Mutti nimmt mich in Schutz. «Sie kommt nach dir, was willst du? Wer wollte denn damals unbedingt in der Siedlung bleiben und mußte deshalb diese Bruchbude hier kaufen?»

«Hm!» Papi streicht sich übers Kinn. «Aber auch ich bringe ja schließlich Opfer.»

Die ersten Interessenten erscheinen und besichtigen unser Haus. Sie stolpern über die vielen Treppchen. Etwas verstört sitzen sie dann im Wohnzimmer und betrachten die Uhren. «Originelles Haus! Aber ist es nicht ein wenig unpraktisch mit den vielen Ecken?»

«Ü-ber-haupt-nicht!» versichert Mutti. «Das Putzen geht einem ganz leicht von der Hand.»

Papi stößt einen kurzen Huster aus.

Mutti beginnt den Boden zu entrümpeln. Ich helfe ihr dabei. Was sich da so angesammelt hat! Kaum zu glauben. Sogar der augenlose Teddy und die Puppenstube, die Opa Naumann mir gebastelt hat, fallen mir wieder in die Hände.

Wir zanken uns um jedes Stück, das Mutti wegschmeißen will. Heimlich hole ich mir das meiste wieder aus dem Container.

Am Abend kommt Papi schlecht gelaunt nach Hause. Seinem Gesicht ist anzusehen, daß man ihm besser aus dem Wege geht. Beim Abendbrot sagt er: «Ich habe eine gute und eine schlechte Nachricht. Welche wollt ihr zuerst hören?»

«Die gute.»

«Das Gelände wird nicht bebaut werden.»

«Keine Hochhäuser?»

«Nein, keine Hochhäuser. Die Stadt ist pleite. Bis die wieder zu Geld kommen, kann's noch Jahre dauern. Und jetzt die schlechte Nachricht: Wegen der angespannten Finanzlage werden die Beförderungen im Finanzamt auf unbestimmte Zeit verschoben.»

Mich reißt's vom Stuhl. »Super!»

Papi sieht mich vorwurfsvoll an. «Egoistin!»

«Mach dir keine Gedanken, Karl Albrecht», tröstet ihn Mutti. »Es kommt, wie's kommt. So bin ich wenigstens mal gezwungen gewesen, richtig auszumisten.»

«Das meiste habe ich wieder zurückgeholt», sage ich.

Bevor ich ins Bett gehe, setze ich mich im Nachthemd aufs Fensterbrett und schaue auf den Vogel Greif, der zu mir rüberblinkt. Der Vollmond ruht sich gerade auf ihm aus.

«Ihr kriegt uns nicht!»

«Was schreist du denn so?» Unter mir bewegt sich ein Schatten. Es ist Hänschen.

Papi erscheint im Zimmer. »Komm schnell, Charlotte. Ich muß dir was zeigen.» Er läßt mir nicht mal Zeit, mir einen Bademantel anzuziehen. Im Nachthemd gehe ich mit ihm in die Garage. Er holt etwas Eingewickeltes aus dem Auto. Im Wohnzimmer packt er es aus. Mutti fällt fast in Ohnmacht. «Eine Katze als Uhr. So was Scheußliches habe ich ja überhaupt noch nicht gesehen.»

«Ein Tigerbaby», verbessert Papi und grinst mich an.

«Auch nicht schöner! Wirst du denn nie erwachsen!» jammert Mutti.

«Wer wird das schon.» Papi zieht die Uhr auf und summt vor sich hin: «Mitsou, Mitsou, Mitsou, mein ganzes Glück bist du.»

Ferdinand taucht im Schlafanzug an der Tür auf. «Weißt du was, Papi», sagt er, «weißt du was», und klettert auf sein Tretmobil, das er unter dem Schreibtisch geparkt hat. »Wir kriegen 'ne Schnellstraße durch die Siedlung gebaut. Vierspurig, sagt Hänschen. Klasse, nich?» Dann rammt er das Tischbein, so daß die neue Uhr vor Schreck zu schlagen anfängt, und singt: «Laternen in den Bäumen, die laden ein zum Träumen!»

Ilse Gräfin von Bredow

Willst du glücklich sein im Leben...

Geschichten von gestern – Geschichten von heute.
222 Seiten. SP 2438

»Mit Nora wollte ich eine Frau meiner Generation zu Wort kommen lassen, wie es viele gibt: unbekümmert und unsentimental, selbstironisch und ein wenig naiv, immer bereit, sich am eigenen Schopf aus dem Sumpf zu ziehen.« Genau das hat Nora ihr Leben lang getan. Wie viele andere Frauen ist sie zur falschen Zeit jung gewesen und wird zur falschen Zeit alt, wie eine der eindrucksvollen Gestalten in diesem Roman so treffend sagt. Denn der Krieg fiel auch in Noras Jugend – und was sie nach ihrem Ausscheiden aus dem Berufsleben an Rente erwartet, kann ihr nicht ohne weiteres ein geruhsames, sorgenfreies Alter sichern. Wir begleiten Nora auf ihrer turbulenten Suche nach einer Tätigkeit und erleben ihren unerschrockenen Mut und gesunden Menschenverstand, ihren Charme und ihren Humor, der sie sicher durch die Schatten- und Sonnenseiten des Lebens führt.

Denn Engel wohnen nebenan

Rückkehr in die märkische Heide.
255 Seiten. SP 2439

»Kartoffeln mit Stippe« – das war die unvergeßlich schöne, an Erinnerungen reiche Jugendzeit eines Mädchens: das Leben einer gräflichen Familie in einem höchst ungräflichen Forsthaus in der märkischen Heide. Der weltpolitische Umbruch hat es möglich gemacht, daß die große Erzählerin Ilse Gräfin von Bredow an den Ort ihrer Kindheit und Jugend zurückkehren konnte. In einer einzigartigen Mischung aus Erinnerung und Erleben der Gegenwart, aus verlorener Zeit und neuer Begegnung eröffnet sich ein Panorama von Lebensläufen und Schicksalen, wie es nur jemand beschreiben kann, der das alles selbst erlebt, erlitten und erfühlt hat.

Familienbande

und andere alltägliche Geschichten.
256 Seiten. SP 2911

Lia Franken (Hrsg.)

Ganz wie bei uns daheim

Die schönsten Familiengeschichten. 384 Seiten. SP 2437

Familie werden ist nicht schwer, Familie sein dagegen sehr? Unsentimental und doch voller Liebe, mit Witz und Charme erzählen hier bekannte Autoren über Familien als solche und ihre eigene im besonderen. Man findet Genossen in Freud und Leid des Familienlebens bei Isabel Allendes kleiner Alba, bei Wolfram Siebecks weitverzweigter Verwandtschaft oder bei Barbara Noacks Geschwistern. Es ist ein buntes Völkchen auf dem Familienplaneten: Väter und Mütter, Brüder und Schwestern, Onkel, Tanten, Nichten, Neffen, die Schwäger und Schwägerinnen nicht zu vergessen, und erst recht nicht die Schwiegermütter... Mit dieser Versammlung ernsthafter und fröhlicher Geschichten kann man erfolgreich Familienbande wieder ins rechte Licht rücken und Gewitterwolken am Familienhimmel zerstreuen.

Leonie Ossowski

Weichselkirschen

Roman. 388 Seiten. SP 1027

Es ist eine gewagte Reise, die die deutsche Journalistin Anna Mitte der siebziger Jahre nach Polen antritt: Nicht nur in ein fremdes Land, auch in die eigene Vergangenheit führt die Fahrt nach Niederschlesien. Nach dreißig Jahren besucht sie das kleine, ehemals deutsche Dorf, in dem sie aufgewachsen ist. In Ujazd, wie das frühere Ruhrdorf jetzt heißt, begegnet sie ihrer alten Liebe Ludwik, dem Vater ihrer Tochter, und der neuen politischen Wirklichkeit. Dieses ebenso unterhaltsame wie nachdenkliche, ebenso gefühlvolle wie intelligente Buch ist der erste Teil von Leonie Ossowskis großer Schlesien-Trilogie, die den Ruhm und Erfolg dieser herausragenden deutschen Erzählerin begründete.

»Ein Stück Wirklichkeit, wie sie unbewältigt und subjektiv erfahren wurde.«

Der Tagesspiegel

Eva Demski

Das Narrenhaus

Roman. 448 Seiten. SP 2685

Das vierzehnstöckige Narrenhaus ist ein Hochhaus am Rand einer Stadt. Dort wohnt alles, was sonst keinen Platz findet und Miete zahlen kann. Eine bunte Gesellschaft, Eigentümer und Mieter, Wessis und Ossis, Gutsituierte, Problemfälle, letztere vom Sozialamt eingemietet. Eva Demski erzählt die tragischen, komischen und verrückten Lebensgeschichten der Bewohner dieses Hauses. Vierzehn Stockwerke zählt das Narrenhaus, und jede Etage hat ihre verrückten, tragischen und komischen Geschichten. Dieses Hochhaus am Rand einer großen Stadt ist ein übereinandergetürmtes Dorf, eine Festung, ein biographischer Ankerplatz, wie eine Bühne für unterschiedlichste Stücke in wechselnder Besetzung. Hier wohnen Eigenbrötler, alte Witwen, Transvestiten, der einbeinige Christian und die Hausmeisterin Sybille Heisterberg, die die Anarchie zu kontrollieren versucht. Im Keller wohnt der Erzähler, ein alter Requisiteur und Stöberer. Den ersten Stock wiederum beherrscht ganz Mafalda Trautwein, die alle, außer dem Erzähler, für ein Gottesgeschenk halten. Souverän und elegant erzählt Eva Demski die großen und kleinen Geschichten der verschiedenen Hausbewohner und fädelt ganz nebenbei ein halbes Jahrhundert deutsche Geschichte auf – ein Zeit- und Gesellschaftspanorama mit Witz und Spott.

»Eva Demski gelang eine Satire auf die närrischen Eigenschaften ihrer Zeitgenossen, überreich an Einzelheiten und pointensicher.«
Süddeutsche Zeitung

Goldkind

Roman. 278 Seiten. SP 2977

»Das ›Goldkind‹ von Eva Demski ist ein lesenswertes, ein beachtliches Buch.«
Marcel Reich-Ranicki

Adolf Schröder

Der fremde Junge

Roman. 344 Seiten. SP 2597

Robert Bilkowsky, den alle nur Bob nennen, fährt tagsüber Taxi. Die Nächte verbringt er in seinem Atelier. Er ist Maler. Eines Abends findet er einen zehnjährigen Jungen in seiner Wohnung. Bob ist ratlos. Das Kind spricht keinen Ton, sondern verständigt sich mit ihm über Zeichensprache und schreibt verschlüsselte Botschaften auf Papierflieger. Irgend etwas in Bob weigert sich, den Jungen zur Polizei zu bringen. Er fühlt sich auf geheimnisvolle Weise angezogen, traumatische Kindheitserinnerungen werden in ihm wach, und so beginnt eine seltsame Freundschaft, in deren Entwicklung Bob sich immer mehr mit dem Jungen identifiziert. Obwohl ihm das Kind seinen Tagesablauf durcheinanderbringt, seine Freunde ihn warnen, läßt er sich nicht davon abbringen. Er muß hinter das Geheimnis dieses wundersamen Jungen kommen.

Stephen Krawczyk

Das irdische Kind

Roman. 266 Seiten. SP 2526

Das verbundene Bein von Onkel Alfred, Großmutters Groschenring und Onkel Kurt, der zu festlichen Anlässen immer denselben Nadelstreifenanzug anzieht – leichtfüßig, anrührend und unsentimental erzählt Stephan Krawczyk seine Kindheit und Jugend. Lauter private Weltereignisse, lauter intime Fotos aus dem Familienalbum, die stellvertretend für eine ganze Generation stehen. Stephan Krawczyk, neben Wolf Biermann bekanntester Liedermacher der ehemaligen DDR, erzählt aus dem Dorf Weida mit dem Flüßchen Auma präzise, herzlich und so privat, daß eines klar wird: Das Leben läßt sich nicht zurückrechnen auf dürre politische Daten.

Josef Škvorecký

Eine prima Saison

Ein Roman über die wichtigsten Dinge des Lebens. Aus dem Tschechischen von Marcela Euler. Mit einem Beitrag von Walter Klier. 284 Seiten. SP 2804

Danny ist sechzehn. Und folglich hinter den Mädchen her. Seine Flammen wechseln ständig: Da sind Irena und Alena, die beiden reizenden Zwillingstöchter des strengen Herrn Rat, Marie mit den wollenen Kniestrümpfen, die hexenhafte Karla-Marie, die langbeinige Tänzerin Kristýna An die zwanzig Versuche hat Danny schon unternommen, aber diesmal – das steht für ihn fest – muß es mädchenmäßig eine prima Saison werden. Heiter, jung, leichtlebig und scheinbar unbeschwert läßt sich dieser Roman zunächst an. Aber die reine Idylle ist er nicht. Denn seine Geschichte spielt in jener Zeit, als die Tschechoslowakei als »Protektorat Böhmen und Mähren« unter Nazi-Okkupation stand. Zwischen Schülerlieben und Jazzbegeisterung tauchen die Gespenster von Krieg und Diktatur auf, die das harmlose Leben des Provinzstädtchens Kostelec bedrohen.

»Poetisch verklärt und nicht ohne Nostalgie schildert Škvorecký, wie immer derselbe Gymnasiast Danny in Kostelec immer anderen und oft auch wieder denselben Mädchen hinterherjagt. Aufgrund welcher Intrigen und schicksalsträchtigen Verhängnisse Danny, das Glück vor Augen und sehr greifbar nah, die Irenas, Alenas oder Maries dann doch nicht bekommt, warum er statt des längstverdienten Beischlafs Mathematikunterricht erhält, Berge besteigen oder bis zur Ohnmacht Rum trinken muß – das macht den handlungsträchtigen Inhalt dieser poetischen Erzählungen aus.«

Frankfurter Rundschau

Jean Rouaud

Die Felder der Ehre

Roman. Aus dem Französischen von Carina von Enzenberg und Hartmut Zahn.
217 Seiten. SP 2016

Jean Rouaud erzählt in seinem mit dem Prix Goncourt ausgezeichneten Debütroman auf sehr persönliche Weise wichtige Stationen unseres Jahrhunderts nach, indem er sich an die Geschichte seiner eigenen Familie erinnert. Eine Saga also, die drei Generationen umspannt, ohne sich jedoch den Regeln der Chronologie zu unterwerfen. Anlaß zum Öffnen dieses Familienalbums geben drei Todesfälle, die sich alle im selben Winter ereignen und um die sich die Geschichte zentriert: der Großvater, ständig von einer Wolke dichten Tabakqualms umgeben, der mit seinem zerbeulten 2CV die Gegend unsicher macht; die bigotte Tante Marie, die jeweils den Heiligen des Tages auf ihrer Seite hat und die für ihren im Großen Krieg gefallenen Bruder Joseph, den sie so liebte, ihre Weiblichkeit hingab; schließlich der Vater des Erzählers, dessen früher Tod die so subtil humorvolle und skurrile Chronik überschattet und ihr unausgesprochene Tragik verleiht.

»Nicht nur der Regen ist das philosophische Element dieses wunderbar zärtlichen Romans über ein grausames Jahrhundert. Mehr noch ist es der giftgrüne Nebel, der die Anfänge unserer Moderne bedeckt.«
Die Zeit

Hadrians Villa in unserem Garten

Roman. Aus dem Französischen von Carina von Enzenberg und Hartmut Zahn.
224 Seiten. SP 2292

»Ein hinreißendes Buch. Es hat alles, was ich mir von einem Buch wünsche: Witz, Wärme, eine feine, sehr poetische Sprache, eine großartige Geschichte, es hat Menschlichkeit und Spannung und berührt den Leser über das Persönliche der Familiengeschichte hinaus auch da, wo es weh tut.«
Elke Heidenreich

Die ungefähre Welt

Roman. Aus dem Französischen von Carina von Enzenberg und Hartmut Zahn.
275 Seiten. SP2815

Marcel Pagnol

Marcel

Eine Kindheit in der Provence. Aus dem Französischen von Pamela Wedekind. 276 Seiten. SP 2426

Marseille um die Jahrhundertwende: Eine fünfköpfige Familie bricht auf zu Ferien in der Provence – und hier beginnt für den elfjährigen Marcel ein Sommer voller Schönheit und Abenteuer in den Wiesen und Hügeln der Estaque inmitten von Zikaden und dem Lavendel- und Rosmarinduft der Hochebene. Sein bester Freund, der Bauernjunge Lili, führt ihn zu den geheimen Höhlen und verborgenen Quellen und zeigt ihm die beste Methode, geflügelte Ameisen zu fangen. Der leichte und poetische Ton besticht durch den zärtlichen Blick, in dem Arglosigkeit und Ironie verschmelzen und der kindliche Kosmos wiederaufersteht.

Marcel und Isabelle

Die Zeit der Geheimnisse. Eine Kindheit in der Provence. Aus dem Französischen von Pamela Wedekind. 195 Seiten. SP 2427

Die paradiesische Ferienidylle des elfjährigen Stadtjungen Marcel, der den Sommer mit seiner Familie in der Provence verbringt, erfährt einen jähen Einbruch in Form eines blonden, verzogenen Geschöpfs, das sich vor Schlangen fürchtet: Die tyrannische Isabelle tritt in Marcels Leben und macht ihn zu ihrem Knappen. Nun eröffnet sich das ganze Spektrum kindlicher Liebe, die in ihrer Absolutheit und Grausamkeit Marcel in heillose Verwirrung stürzt, ihn aber zugleich auch die großen Dinge des Lebens erahnen läßt. Behutsam nähert sich Marcel Pagnol seiner eigenen Kindheit und bewahrt dadurch Distanz, aber auch Zärtlichkeit und Ironie.

Die Wasser der Hügel

Roman. Aus dem Französischen von Pamela Wedekind. 423 Seiten. SP 2428

Die Eiserne Maske

Der Sonnenkönig und das Geheimnis des großen Unbekannten. Aus dem Französischen von Pamela Wedekind. Vorwort von Kasimir Edschmid. 272 Seiten. SP 2775